THE RED GLOVES SERIES

赤い手袋の奇跡

ギデオンの贈りもの

カレン・キングズベリー
小沢瑞穂［訳］

集英社

赤い手袋の奇跡

ギデオンの贈りもの

私の両親、アンとテッド・キングズベリーの結婚四十周年の記念にこの本を捧げる。今の世界がもっとも必要としている、手に届きそうで届かない〝不変の〟愛をはっきり示してくれてありがとう。あなたがたは昔からずっと私たち五人の子供たちのお手本となっている。

とくに、幼いころの私に生涯忘れられない感動的な思い出を作ってくれた父に心から感謝する。この本が生まれるきっかけとなったその思い出とは、こんなものだ。

ある感謝祭の日、家族そろって食事をすませた後、あなたは残り物を丈夫な紙皿にたっぷり載せる。一家でライトバンに乗り込み、地元に住みついたホームレスのひとりを見つけるまで街をドライブする。彼を見つけるとあなたは涙を浮かべて車から降り、喉《のど》をつまらせながら「感謝祭、おめでとう」と声をかけご馳走を手渡す。

運転席に戻ったあなたは、肩をすくめ顎《あご》を震わせて母を見やる。そして、今も口癖にしている同じ言葉を呟《つぶや》く。

「わたしがああならなかったのは神様のおかげだよ」

プロローグ

彼らの人生を一変させた贈りものは、クリスマス・ウェディングに発展した。

これ以上にふさわしいものはひとつもなかっただろう。だってギデオンは天使なのだから。後光《ごこう》がさしている聖天使ということではない。だが、ほんのときたま——自然にチャンスが生まれた時——彼女の背中の上のほうをじっと見つめたくなるようなタイプの天使。ひょっとしたら彼女の背中に翼《つばさ》があるかもしれない、と感じて。

教会の後ろの席で、アール・バジェットの疲れた目が濡《ぬ》れていた。クリスマス・ウェディングは、ギデオンにまさにうってつけだった。なぜなら天使が現れるとしたら、十二月をおいてないからだ。ギデオンの贈りものが光り輝いたのも、この季節だった。

ギデオンの贈りもの。

数えきれない思い出が彼の脳裡《のうり》をよぎった。あれから十三年もたったのか？　アールは白いサテンとレースのドレスに包まれた彼女の姿を見つめた。最大の奇跡は、ギデオンが生き延びたことだった。

彼は手の甲で濡れた頬《ほお》をぬぐった。彼女は本当に生き延びたのだ。

だが、奇跡はそれだけではなかった。

アールはギデオンが彼女の父親に微笑《ほほえ》みかけるのを見守った——今まさに花開こうとする若い娘の、ほてった忘れられない笑顔。ふたりは腕を組んで、通路《アイル》を優雅に進みはじめた。それは簡素な結婚式だった。だれよりも彼女が受けるに値する、もっとも愛情のこもった瞬間を目撃しようと、家族や友人たちが教会に詰めかけていた。彼女の愛情と存在そのものが部屋を照らし、集まった人々はみんなひとつの感謝で結ばれていた。ギデオン・マーサーと知り合う特権を与えられたことを。神様は彼女の世界を彩っている人々に今しばらく彼女を貸してくださっている。その意味でみんなが祝福されていた。

その時、ギデオンと父親は通路を半ばまで進んでいた。ギデオンはためらい、肩ごしに振りかえってアールを見つけた。彼女の目は、いつもと同じように彼の魂に話しかけるような深みを秘めていた。彼らは短い笑みを交した。彼だけではない、と告げる笑み。彼女もまた、あのクリスマスの奇跡を思い出していた。

アールの口の端が自然に吊《つ》りあがった。やったな、天使。自分の夢をつかんだな。彼の心は喜びで躍った。じっと坐っているためには、それしかなかった。本当は立ちあがって叫びたくてたまらなかった。

がんばれ、ギデオン！

もうめったにないことだが、思い出がとうの昔になくした親友のように戻ってきた。それはアールの頭にあふれ、五感を浸して心に届き、思わず彼は後ろにもたれた。十三年前のあの不思議な夜、天がクリスマスと同じぐらい奇跡的な出来事を造りあげた夜。ふたりの人生をがらりと変えたあの出来事。

彼らふたりを救った出来事。

時は飛んでいった……アールが初めてギデオン・マーサーと出会ったあの冬に。

1

大切なのは、その赤い手袋だけだった。ポートランドでホームレスとして生きることが刑務所に入るのと同じことだとしたら、赤い手袋はそこから出る鍵《かぎ》だった。その鍵は、たとえほんの数時間でも、彼を救いようのない孤独から解放し、容赦《ようしゃ》なく叩きつける雨とテントで覆《おお》っただけの寝ぐらを忘れさせてくれた。

その赤い手袋は、かつて彼が送っていた、二度と取り返しがつかない人生を追体験する鍵でもあった。

その赤い手袋には、昔の現実を取り戻させる何かがあった——彼らの声、彼らの手の感触、夕食のテーブルを共に囲んだ彼らのぬくもり。彼らの愛情。それらを一度も失ったことなどないかのように。

彼がその手袋をはめているかぎりは。

そうでなければ、刑務所にいるようなホームレスの暮らしは耐えがたかっただろう。なぜなら、アールはすべてを失ってしまったからだ。人生、希望、生きる意志。だが赤い手袋をはめたとたん……細かい編み目の毛糸に指がくるまれたとたん、アールは大切なものがひとつだけ残されていることに気づいた。自分にはまだ家族がいる。たとえ、ほんの数時間だけだとしても。

十一月一日のこと、その赤い手袋は彼の湿ったパーカの裏地のなかに隠された。夕食をすませ、ビニールの屋根の下に引きこもるまで彼はその手袋をはめなかった。いつもはめていたかったが、そんな危険はおかせなかった。手編みの上等な手袋。ホームレスが死体から奪い取ってしまうような手袋だ。

どんなことがあっても、それだけはなくすまいとアールは決めていた。

彼は足を引きずり、急ぎ足で追い越してゆく人たちを睨《にら》みつけながらマーチン・ルサー・キング通りを歩いていた。彼の姿は人々の眼中になかった。完全な透明人間だ。ホームレスになって一年めにして気づいたことだ。たまに小銭を投げられたり「仕事したらどうだよ！」とか「カリフォルニアに帰れ！」とどなられることはあった。

だが、ほとんどの人は彼を無視した。

彼を追い越してゆく人たちはまだ人生レースの途中にいて、決断したり締切があったり、悲惨なことは自分にだけは起こらないと信じていた。みんな自分がホームレスの彼よりましな人間だと確信しているふうだった。ほとんどの人にとって、アールは厄介者にすぎなかった。自分たちの素敵な街に巣喰《すく》う目の上のたんこぶ。

雨が降りはじめた。冷たい雨粒が彼のフードつきパーカに浸みこみ、禿《は》げかかった頭に当たった。雨に慣れていた彼は気にもしなかった。むしろ歓迎したかった。路上暮らしが長引くほど、そう感じるようになった。

彼は歩きつづけた。

「やあ、アール!」

人混みから声がかかった。アールが振り向くと、反対側の歩道を歩いていた黒人がクラウン・ローヤルのボトルを振りながら叫んでいる。彼はアールと同じ場所へ向かっていた。伝道所に。

雨が降ろうと晴れていようと、伝道所では食事が待っていた。ホームレスはみんなそれを知っていた。アールはその黒人を何度も見かけていたが、彼の名前は覚えられなかった。ほとんどだれの名前も。そんなものは大切ではなかった。あの赤い手袋以外のものは。

黒人はまたボトルを振って、歯のない口でにやりと笑った。「神様はあんたを愛してるよ、ビッグ・アール！」

アールはそっぽを向いた。「ほっといてくれ」彼は吐き捨てるように言い、パーカを首から顔に引き寄せた。

伝道所の牧師から二年前にもらったそのパーカは、もうよれよれだった。ダークグリーンのナイロン地は茶色に変色し、臭いうえに泥だらけだ。口髭《くちひげ》が繊維にひっかかって、思わず顔をしかめた。

最後に髭を剃《そ》ったのはいつだったか記憶になかった。

通りの向こう側にいる黒人がついに諦め、はやりの服を着て新しい傘を持った三人の女たちに向かってボトルを振りまわした。「夕食のベルがおれを呼んでるんだぜ、レディーズ」

女たちはおしゃべりをやめて不安げに身を寄せ合った。近づいてくる黒人からできるだけ距離をおこうとして固まっている。女たちが通りすぎると、彼はまたボトルを高く掲げた。「神様はあんたを愛してるよ！」

伝道所は二ブロック先の右手にあった。アールの耳に背後で歌う黒人の声が聞こえた。歌詞が下水のように流れてくる。アールの冷やかな反応も黒人はまるで気にしなかった。「アメージング・グレース、ハウ・スウィート・ダ・サウンド……」

アールは目を細くしてあたりを見まわした。ホームレスたちは厚い殻を身につけていた。それを「隠れ蓑《みの》」とアールは呼んでいた——何年も自分の殻に閉じこもって生きていると、何にも心を動かされなくなる。天候にも、行き交う人たちのどぎまぎした視線にも、ときおりバイクの男から投げつけられる冷やかな言葉にも。

むろん、他のホームレスの言動にも動じなかった。

伝道所のドアは開いていた。不運な連中が常連に混じって列に並んでいる。アールは目をぐるんとまわして自分のブーツを見つめた。気温が十度以下になると、この場所は困窮者《こんきゅうしゃ》であふれかえり、常連はテーブルにつけなかった。

彼は行列する新入りたちの間をぬって先に進んだ。みんな行列の先がどこか、どうすれば温かい食事に一刻も早くありつけるか探ろうとしていた。前方に虚《うつ》ろな目をした浮浪者がふたりいた――長年のドラッグ服用が顔に現れている長髪の若者たちだ。アールは彼らの間に割り込み、料理の皿をつかんで自分のテーブルに向かった。部屋の奥の片隅にぽつんと忘れられた二人用の席だ。

「やあ、アール」

目を上げると、十年前から伝道所の牧師をしているD・J・グランジがいた。いつものように赤いチェックのジャケットを着ている。目はブルー。青すぎるブルーで、突き刺すように鋭い。アールが心に隠していることまで見通せるかのように。グランジ牧師はいつも神様について話していた。まったく驚くばかりだった。何年たってもグランジ牧師にはまだ現実が理解できないのだ。

アールは自分の皿を見下ろした。「説教を聞きにきたんじゃない。わかってるだろう」彼はインスタント・マッシュポテトに向かって呟いた。

「みんなに祈ってもらいたいんだよ、アール」グランジ牧師は近くの椅子をつかんで身を寄せてきた。見なくても彼が微笑んでいるのがわかった。「何かしてほしいことは？　ここだけの話だけど？」

「あるよ」アールはフォークを下において、これ以上はないきつい視線で彼を睨んだ。「ほっといてくれ」

「わかった」グランジ牧師は、ショッピング・モールのサンタクロースのように、にっこり笑った。「気持ちが変わったら教えてくれないか」彼はにっこりしたまま隣のテーブルに向かった。

アールのテーブルには椅子がもう一脚あったが、だれも坐ろうとしなかった。ホームレスの間には暗黙のルールがあった——しらふの連中の間だけだとしても。「視線は下に、近くに寄るな」アールは皿を見つめたままで、今夜はそのルールが守られていた。他の人たちは自分のスペースを必要としている男とテーブルを共有するより、立って食べるほうを選んだ。

それに、彼の外見は、ベテランのホームレス仲間さえ遠ざけるほどだった。鏡はろくに見なかったが、たまに鏡に映った自分を見ると連中が距離をおくわけがわかった。もじゃもじゃの白髪やひどい匂いを発散するパーカのせいではなかった。彼の目がそうさせていたのだ。

冷やかな、死んだ目。

自分の目に生命や孤独のあかしが宿るときがあるとしたら、それは夜だけだろうと彼は思った。あの赤い手袋をはめているときに。でも、その時の彼の目を見るものはひとりもいなかった。

食事を終えた彼はテーブルから立って出口に向かった。グランジ牧師は食べ物を待つ行列の最前列をガードしながら彼が立ち去るのを見守った。「また明日な、アール」彼は大きく手を振った。「きみのために祈ってるよ」

アールは振り向かなかった。さっさとドアから出て暗い雨の夜に踏み出した。いちだんと寒くなり、それが不安だった。何年か前、最初の寒波がやってきた夜、ホームレスのだれかが彼の寝ぐらをあさってテントを持ち去ったのだ。今の防水シートは彼の寝ぐらの外の壁にカーテンのように垂らしてある。寒さのなかで生き延びるには欠かせない大切な品物だ。よく盗まれるのは不思議でもなんでもなかった。

彼は目を細くして足を速めた。背中がずきずき痛んで、いつもよりもっとみじめだった。ただただ眠りたかった。この世界と、そこに渦巻く悪いことを締め出したかった。

赤い手袋を早くはめたかった。

今日もいつものように路地をうろついて自分の足を見つめて過ごした。食事はいつも伝道所でとり、待ちつづけた。夕暮れを、眠りを、死を。何年も前、初めてホームレスになった時、彼の感情は表面に近いところでたゆたっていた。悲しみ、嘆き、罪悪感、怖れ、孤独、不安。それらが荒れ果てた彼の心を意地悪い手のようにつかんで締めつけた。

だがホームレス暮らしをするうちに、心にもうひとつの層ができあがり、今まで感じたすべてのことや、かつての自分が送っていた人生のすべてから遠ざかるようになった。今は感情は奥深くに埋もれ、二度と浮上してこないと確信できた。自分は貝殻——役に立たない、なんの感情もない貝殻だ。

彼は、虚無と夜のとばりにのみ存在していた。

角を曲がって濡れた闇を進むと、自分の寝ぐらが見えた。忘れられた路地裏の奥にある古い鋳物《いもの》の吹き抜け階段の下に隠してあり、気づく者はほとんどいなかった。階段の下に沿って並ぶ七個の錆《さ》びたボルトからビニールの防水シートが吊るされている。彼は防水シートの裾《すそ》を持ちあげてなかに入り込んだ。外がどれほど濡れていても、雨が防水シートの下まで浸みることはなかった。彼の枕と古い毛布の束は乾いたままだった。

彼はこの瞬間を一日中待ちつづけていた。

彼の指がパーカの裏地のジッパーにかかり、数インチほど引き下げた。なかに手を入れると、今朝しまっておいた場所にそれはあった。柔らかい毛糸に手が触れたとたん、身にまとった殻が崩れはじめ、心の奥に残っているものが顔をのぞかせた。そっと手袋を引き出し、一本ずつ指にはめていく。ずっと昔、それを編んだ手を思い出しながら、まじまじと手袋を見つめる。つぎに、日課のひとつになっている動作に移った。夜毎《よごと》この時間になると決まってやることを。彼は手袋をはめた両手を顔に当て、毛糸の手のひらに順番にキスをした。

「おやすみ、ガールズ」彼は大声で呟いた。ついで、ぼろぼろの毛布の下に横たわった。毛布の下にもぐり、体温でしだいに寝床が温まった時、彼は手袋をはめた指を組み合わせて眠りにつくのだった。

翌朝まだ心地よい夢のなかを漂っていると、雨が顔に当たるのを感じた。雨も一条の薄明かりもいつもより強かった。彼は目を閉じたまま頭を左右に振った。どうしたんだ？　なぜ防水シートごしに雨が落ちてくる？

彼は指をこすり合わせて――起き直った。

「まさか！」彼の声がひとけのない路地の壁にこだました。

「うそだろう！」彼は立ちあがって、あらんかぎりの声で叫んだ――五年前のあの悲劇の午後以来、一度も発したことがない、内臓がよじれるような悲痛の叫びだった。

頭がくらくらした。頭皮がひりつくまで髪をつかんで引っ張った。まさか、こんなことが……

盗まれたのだ。真夜中にだれかが眠っている彼を見つけて、寝ぐらにあったほとんどのものを盗んでいったのだ。防水シートも、ほとんどの毛布も消えてしまった。

それだけではなかった。泥棒たちは彼の生きる意志のすべて、彼が待ち望んでいたもののすべてを盗んでいった。ホームレスになってから、これほどひどい目に遭《あ》ったのは初めてだった。彼は無念の思いが込みあげて頭を振った。非情な雨が肌を刺し、寝ぐらのすべてを洗い流していく。

彼は震えながら両手を見つめた。もっとも怖れていたことが、ついに起きてしまったのだ。

赤い手袋が消えていた。

2

なんでもないふりをするのがいちばんつらかった。

ブライアン・マーサーはギデオンの小さい手をしっかり握り、彼女に合わせて歩幅をせばめて歩いた。今日こそ医者たちが彼の目をまっすぐ見つめていい知らせを告げてくれることを心から願っていた。彼の大切な八歳の娘が回復に向かっていることを。

その可能性はあった。ギデオンは先週の今の時間よりずっとよくなっているような気がした。でも、そう感じたのは一度ではなく、いつも報告の内容は同じだった。娘さんの癌《がん》は進行してはいませんが、回復に向かってもいません。

ブライアンは車からダーンビーチャーズ小児病院に向かって歩きながら吐息を押

し殺した。ティシュが今ここにいてくれたら。ティシュはギデオンの気分を晴らすのがうまかった。ふたりの会話には前向きな気持ちと笑いがあふれていた。ふたりにはお互いにそれを引き出す何かがあった。

　ティシュなら医者との面会を楽しくさせる方法を見つけただろう。だが彼女は仕事を一日たりとも休めなかった。ギデオンの治療費がうなぎのぼりのうえに、木材工場で働くブライアンのボスが一時解雇《レイオフ》や時短を口にして脅すのだから。そう、ティシュがここに来られるはずがなかった。レジ係をかけもちしている彼女の仕事だけに一家が頼って暮らすときもあったから。

　ギデオンの診察日には、少なくとも隣人が幼いダスティンを預かってくれた。

　ふたりがエレベーターに乗り込むと、ギデオンは首をかしげて彼を見上げた。

「どうかしたの、パパ？」

「なんでもないよ」ブライアンはギデオンの手を軽く握った。「ママがここにいてくれたらなあって」

「あたしもよ」ギデオンの顔に陰がさし、目に深い悲しみの色が宿った——その色は半年前に癌と診断されてから表情の一部になっていた。ふたりはしばらく黙っていた。「今日はよくなっていると思う？」

「そうだね……」ブライアンは唇の内側を噛《か》んだ。娘の希望を打ち砕くことはないが、同時にひとつの思いも頭にあった。ひょっとしたら……一縷の望みが……「気分はどう？」

彼女の目がぱっと輝いた。「ずっといいわ」

「よかった」彼はかがんで娘の毛糸のベレー帽にキスをした。「そうか。それじゃ今日こそいい知らせが聞けるかもしれないね」

いつも同じことの繰り返しだった。目的の病棟に着いて受付をすませると、医師がギデオンの血液検査をする。最初のころは——初めて具合が悪くなった時は——採血の針に怖がったものだった。でも今はすっかり慣れてしまった。かわいそうな娘。

採血がすむと、ふたりはガラスで囲まれた長い通路を歩いていった。そこはポートランドの坂だらけの下町から十五階分も高かった。途中まで歩いて、いつものベンチのところで足を止めた。ギデオンがとても疲れやすかったため、最初はベンチを休憩場所にしていた。それしかすることがなかったし、検査結果が出るまでしばらくかかるので急ぐ必要もなかったから。

そのベンチからは息を呑《の》むような光景が見渡せた。コロンビア川とウィラメット川にはまだヨットが浮かび、町をジグザグに流れるいくつもの支流が陽光にきらめいている。そして今日のように晴れた日には、白くそびえるフッド山が見えた。

「きれいじゃないか？」ブライアンはギデオンの肩に手をまわした。

ギデオンは目を細めた。「ときどき、ここで鳥になったような気がするの。街の上空や川の水面に沿って飛びまわれるような気がする」彼女は父を見上げた。「そして、二度と病気にならないってね」

ブライアンは、ぐっと息を呑んだ。ふたりの日課となったこのやりとりのどこかに、彼はいつも心を締めつけられていた。もっともつらいやりとりだった。そんな時大声で神に叫びたくなった。「なぜですか？　なぜ八歳の小さい娘なんですか？　どうして私の娘が？　私と妻は他人を助けることはできても、なぜ自分たちの娘には何もできないんですか？」

彼の願いは家族を取り戻すことだけだった。ティシュとギデオンとダスティンと彼。笑いと愛情と、今日のような晴れた冬の日に一家で散歩すること。ギデオンが回復しているかどうか悩まずにすむ日々がつづくだけでいい。彼女が今度のクリスマスまで生きているかどうか悩まずにすむ日々だけで。

ブライアンが娘に言えることはひとつもなかった。何の約束もできなかった。代わりに娘を抱きしめ、咳《せき》払いをした。話題を変える時だ。最初に診察を受けていらい、ふたりはいつもこの休憩時間に特別なことを話し合ってきた。これまでにいくつものテーマを話し合った。なぜ山はできたのか、なぜ川は流れるのか、天国はどこにあるのか。でも十二月二日の今日、彼には特別なテーマがあった。楽しい話題。昨晩そのことについてティシュと話し合っていた。

「クリスマスのことを話そうよ、ギデオン」彼はまた娘の手を取り、通路を歩いて診察室に向かった。

「そうね」彼女は口端を吊りあげて、そっと微笑んだ。「そうしましょう」

ふたりは受付をすませ、いつもの場所に坐った。待合室の後ろのほうのソファに。ブライアンは娘を見られる角度に体を向けて、ふわふわした茶色の髪と忘れることができない瞳を見つめた。彼女はティシュの小型版だった。もっと生真面目で、この世のものとは思えない小型版。癌にかかる前からずっとそうだった。まるで心の奥に何かを秘めているような——無垢《むく》の知恵とか、人の魂をまっすぐ見抜く力とか。彼女が他の子供たちと違うのはそこだった。

彼女のどこをいちばん恋しく思うだろう、もしも——

ブライアンはまばたきした。そんなことは決して考えまいと肝《きも》に銘《めい》じていたのに。取り越し苦労をして将来を怖れたりしても何にもならないのだ。とはいっても、不安や怖れが頭をもたげる時はあった。家のなかまでずかずかと土足で押し入るような時が。たとえば今のように。

「よーし」彼はゆっくりと息を吸った。「クリスマスの話だ」彼はまたギデオンの手を取った。「どこから始めようか？」

彼女の目が病院のクリスマスツリーに飾られた点滅ライトのようにきらめいた。

「かんぺきなクリスマスについて話しましょうよ」

「ふうむ……かんぺきなクリスマスか」ブライアンはソファにもたれてガラス窓の向こうのまばゆい青空を見やった。その答えは簡単だった。ギデオンに骨髄《こつずい》移植を受けさせるのに充分な資金を手に入れること。そのおかげで彼女がすぐに元気になって、また学校の友達と楽しく遊べること。そして、もう二度と癌専門医の待合室でクリスマスの話をする日が来ないこと。

彼はギデオンに視線を移した。「お先にどうぞ」

「いいわ」彼女の目の輝きがいくぶん薄れた。想像の世界に浸って、ふいに百マイルも遠ざかったように感じた。「本物のクリスマスツリーがあるの、天井まで届く高さのね。点滅ライトと飾りがたくさんあって、てっぺんにはパパとママのための星が付いてるの」彼女は父親の手を放して両手を頭上に伸ばした。「大きな七面鳥《ターキー》も。それからダスティンには消防車ね」

ブライアンは心が痛むのを感じた。ギデオンのかんぺきなクリスマスとは、ほとんどの子供が期待するようなものだった。だが彼とティシュに経済的なゆとりはなかった。このクリスマスも――ずっとそうだったように――四フィートの緑色のプラスチックのツリーに一箱七十セントの安っぽい飾りものを付けるだけ。おもちゃはお古で、部品が欠けているかもしれない。ディナーはチキンとマッシュポテトだ。

でもそれは多くの人たちより恵まれている。彼とティシュはそのことに感謝していた。クリスマスは贅沢《ぜいたく》なものはひとつもなくても、いつも素晴らしかった。子供たちも決して不平を言わず、自分たちのクリスマスが他の子たちと違うことを決して口にしなかった。

今までは。

もちろん、ギデオンは不平を言っているのではなかった。ただ彼が提案したテーマについて想像したことを話したままでだ。ブライアンは歯を嚙みしめた。お金を手にする手段があったとしたら、まったく同じことをしていただろう。いちばん大きくて香りのいい最高のクリスマスツリーを見つけて美しく飾りつけ、おもちゃをその下においた。だが木材工場の仕事は週十二時間に短縮されてしまった。もはや仕事とも呼べないほどだ。そのうえギデオンの治療費――

ブライアンは、そんな思いを頭から締め出して娘の目を見つめた。「何か忘れていないかい?」

彼女はぽかんとしてから、ふと気づいてくすくす笑った。「あたしのこと?」

「そう、おまえのことだ」ブライアンは娘の髪のひと房を指にからめた。「このかんぺきなクリスマスに、おまえがほしいものは?」

彼女はうつむいた。「ほんとに?」

「ほんとだよ」

「そうね……」急に彼女は両手を見下ろした。それから顔を上げた時、目に輝きが戻っていた。「あたしのかんぺきなクリスマスにほしいものは、真新しいお人形よ。きれいな髪と開いたり閉じたりする目と、柔らかいレースのドレスを着ているの」

「新しいお人形?」ブライアンは驚くふりをしようとしたが、じつはわかっていた。

「どうして?」

「お人形は、あたしが病気になっても悲しくならないから」彼女は父親を見上げてにっこりした。ものわかりのいい彼女の表情が言葉より多くを語っていた。「そんなお友達がいたら、きっと素敵でしょうね」

口がきけるようになってからずっとギデオンは新しい人形をほしがっていた。数年前はカタログから人形の写真を切りとってベッドの横の壁に貼っていたほどだ。その切り抜きは今も壁にかかっていた。折にふれブライアンは中古の人形を見つけてはギデオンに持ちかえった。そういった人形はたいてい妙な匂いがするか、ドレスか靴がなかったりした。でもギデオンは気にしなかった。むしろ、問題は人形をかわいがりすぎるあまり、たちまち壊れてしまうことだった。片足や片腕、または頭がもげたりした。

そして今ギデオンはまた新しい人形がほしいという。

毎年ブライアンとティシュは新しい人形を買うことを考え、毎年それは立ち消えた。ギデオンがほしがるような新しい人形は高価だった。一家の一週間分の食費と同じぐらいに。

ギデオンは彼の心中を察したようだった。「ただの空想よ、パパ。たいしたことじゃないわ」彼女は体を寄せて彼の肩に頭をあずけた。「パパのかんぺきなクリスマスは、どんなの？」

さっき考えた答えが心に戻ってきた。「簡単だよ」彼は娘の額《ひたい》にキスをした。「かんぺきなクリスマスでは、二度とここに戻ってこなくてすむのさ」

ブライアンは娘がうなずくのを腕で感じた。「先週あたしの先生が何て言ったかわかる？」

「何て言ったの、ベイビー？」彼は娘のベレー帽のてっぺんに顔を押しつけた。

「クリスマスの奇跡は、それを信じる人に起きるって」

その言葉はブライアンの心にこだました。「好きだなあ、それ」

「あたしもよ」ギデオンは坐り直して医者の診察室のドアを見つめた。「あたし信じてるわ、パパ」

「みんな信じてるよ」

「じゃあ、それが今年のクリスマスに起きるかもしれないわね。ひとつの奇跡が」

彼女は父親に向き直った。「そうなったら、どんなことより素敵じゃない？」

「今日はおまえの病気がよくなっているとわかるようなことかい？」

「それもあるわね」彼女は、くすくす笑った。「でも、もっと本当に大きいことよ。クリスマスの奇跡としか呼べないほど大きい何かっていう意味よ」

娘をしげしげと見るブライアンの喉《のど》に塊《かたまり》が込みあげた。この子は自分の病気が、どんなに重いかまるで知らない。まったく気づいていないのだ。彼は懸命に声を出そうとした。「それじゃ、みんなでそうなることを祈ろう」

「今お祈りしましょうよ、パパ。ここで」

彼は娘にかすかに笑いかけた。「いい子だね、ギデオン。それが信じるってことだよ」

やがて、癌患者が出入りするなかで、ブライアンはギデオンの両手を握って頭を垂れ、クリスマスの奇跡としか呼びようのない大きな何かを求めて祈った。

一時間後、ブライアンは彼にとってもっとも大切な答えを受けとった。

ギデオンは回復期に入った！

血液検査の結果は、彼女が白血病と診断された時よりよくなっていた。医者は慎重だった。回復期は、厄介なものです。患者によって数週間、時には数年もつづくことがあります。それを予測する手立てはありません。それにお嬢さんのような白血病の患者は、骨髄移植が成功しないかぎり完治することはないんです。

それでも、これは娘が病気になって以来、ブライアンとティシュが待ち望んでいた答えだった。ふたりで車まで戻る途中、ブライアンは涙を押し戻した。

「ママに報告するのが待ちきれないわ」ギデオンはスキップしてから立ち止まって彼を振りかえった。「あたしが病気じゃなかったら、とっても素敵なクリスマスになりそうね！」

「ああ、そうだね」ブライアンは立ち止まって両手を差しだした。ギデオンはその合図を知っていた。駆け寄って飛びあがる娘を彼は腕に抱きとって引き寄せた。

「ぼくらの奇跡まで手に入ったんだよ」

ギデオンはくすくす笑った。「パパ、これは奇跡じゃないわ」彼女は父親と鼻をこすり合わせた。「おぼえてる？　あたしたち神様に本当に大きい何かをお願いしたのよ」

「ああ、そうだったね」ブライアンは含み笑いをして娘を下ろした。駐車場に着くと彼は娘の手を取った。「これはかなり大きいことだとママが思うような気がするな」

家に戻る車のなかでギデオンは居眠りし、ブライアンはラジオを消した。車の列はゆっくりと進んでいく。神様、ほんとに感謝します。ギデオンが奇跡を求め、それが与えられました。こんなに簡単に。

ギデオンの幼いころの思い出が彼によみがえった。二歳の時、隣の家の猫と歩行器を分かち合ったこと。幼稚園のころ、二カ月もおやつを持ってこなかった男の子に自分のおやつをあげていたこと。かんぺきなクリスマスの作り話で、自分のことより真っ先にダスティンに消防車をほしがったこと。

どんな子供でも失うのは耐えがたいことだろう。だが、それがギデオンとなると――

また涙で目がかすんだ。ありがとう、神様。百万回も感謝します。彼は家に着くまで感謝の思いに満たされた。だが自分のアパートメントの建物に近づくにつれ、ひとつの考えが頭に浮かんだ。

ギデオンが祈った奇跡がこれではないとしたら、いったい何が？　彼女が回復期に入ったという知らせより大きいものがあるとしたら、それは何だ？

思わず背筋に冷たいものが走った。

クリスマスの奇跡が信じるものに本当に起きるとしたら、神様はまだ自分たち家族に賜《たまわ》る奇跡をなし終えていないのかもしれない。どういうわけか、ブライアンはもっと他の驚くべきことが起きそうな不思議な実感を味わっていた。ギデオンの祈りにまっすぐ応じるような何かが。

クリスマスの奇跡としか呼びようのない何か大きなことが。

3

病気になっていちばんつらいのはこれ。この子を助けてやれないと両親が思っていることだ。

その午後、ギデオンはダスティンとトランプをして母の帰宅を待ちながら、医者の知らせが両親の気持ちを変えてくれることを願っていた。ほとんど学校にも行けずに寝てばかりで半年たった今、何か違うことをしたい思いが芽生えていた。両親がもっとも愛している仕事に自分も参加したい。

ボランティアの仕事に。

記憶にあるかぎり、彼女はダスティンといっしょに両親のボランティア活動に参加してきた。教会の仲間たちと合流して病院や白髪の老人たちが暮らす施設を訪問した。みんなで教会のペンキ塗りをしたり、にぎやかな通りでソーダの空き缶やハンバーガーの包み紙を拾ったりした。貧しい人たちに缶詰を寄付してもらうために家々のドアを叩いたこともあった。

それを学校の友達に説明することはできなかった。でも両親といっしょにするボランティア活動は、ギデオンにとっていちばん幸せなことだった。

病気になる直前、両親は「伝道所」とかいう場所で夕食を出す手伝いをしようと話し合っていた。そのうち彼女は痣《あざ》ができたり風邪をひいたりしはじめ、歯を磨くたびに唾《つば》に血が混じるようになった。

幾度となく医者に診《み》てもらった後で、ようやく白血病と診断された。それがどんな病気かギデオンには見当もつかなかったが、とにかく悪い病気だということはわかった。風邪やインフルエンザや、水疱瘡《みずぼうそう》よりもたちが悪い病気。白血病はそういった病気のように痛みはないけれど、もっと長くつづく。一生つづくこともある。両親の会話からギデオンにはそれがわかった。

でも今はよくなっている。医者がそう言ったのだ。これからもずっとそうではないかもしれないけれど、以前よりずっとよくなっている。それはいいことに決まっていた。

トランプが終わって一時間後に窓辺に坐って待っていると、母親が帰ってきた。ギデオンはドアに駆けより、さっと開けた。

「あたしよくなったのよ、ママ。お医者さんがそう言ったの」彼女は両腕を母親の腰にまわしてしっかり抱きついた。

「ギデオン」母親は膝《ひざ》をついた。ギデオンは自分の髪が母親の温かい息で動くのを感じた。「ほんとなの?」

「ええ。パパがちゃんと話してくれるわ」

いつもは母親の抱擁《ほうよう》は、ほんのいっときだった。だが今度は長くつづいた。彼女を放した母親は、頬の涙をぬぐいながら立ちあがった。

「悲しいのね」

母親の顔に大きな笑みが広がった。「いいえ、ハニー、とっても幸せよ」

ギデオンがうなずいた時、父親とダスティンが姿を見せた。

「ギデオンがよくなったよ、ママ! ギデオンがよくなった!」ダスティンは三度ジャンプして拳を高く突きあげた。

「聞いたかい？」父親が近づいて母親を抱きしめた。とても幸せそうな両親を見て、ギデオンの目に喜びの涙があふれた。

「この子は……本当に回復期に入ったの？」

「ああ」父親はギデオンの髪をくしゃくしゃにして、ダスティンの頭を軽く叩いた。「最高のクリスマスになりそうだね」

ギデオンは両親が話し終えるのを待った。それから彼らの前に立って注意を引きつけた。「お願いがあるんだけど、聞いてくれる？」

「もちろん」母親は父親の肩にもたれた。ふたりはまだ互いの腰に両腕をまわして半ば抱き合ったままだった。

ギデオンは少しためらい、ダスティンは走って遊びにいった。「したいことがあるの。病気になってから、ずっとしたかったことなの。そして今はよくなったんだから……」

両親は戸惑った顔で互いに見やった。医者がそう言ったからといって、娘がそこまでよくなったという確信はなかった。「わかったよ、ギデオン」父親の目が前よりにこやかになった。「何がしたいんだね？」

彼女は母親の手を取って、両親を見つめた。「伝道所で夕食を出すお手伝いがしたいの」彼女は微笑みはじめた。「おぼえてる？　あたしが病気になる前にそれをしようとしていて、もう少し待たなくちゃと言ったでしょう？」

また両親は顔を見合わせたが、今度は父親が片方の肩をぐいっと上げた。「昨日グランジ牧師から電話があって、できるかどうか訊《き》かれたばかりだよ。クリスマス・シーズンはとても忙しくなるんじゃないかな」

母親は額にしわを寄せて唇を引き結んだ。が、すぐに彼女はうなずいた。「試してみてもいいでしょうね。ギデオンが疲れすぎたりしなければ」

「やった！」ギデオンは両腕を彼らにまわした。「いつからできるの？」

「明日の夜、人手がいるということだよ」父親はギデオンの頭のてっぺんにキスをした。両親はいつもそうしてくれた。両親に心から愛されているとわかるのは、そんな時だった。「グランジ牧師に電話して話をまとめよう」

その夜ベッドに入る前に、父親は伝道所について警告した。

「怖そうに見える人たちもいるんだよ、ギデオン。でも、ほとんどの人は路上で暮らすうちにそう見えるようになっただけだ」

「路上で?」ギデオンは布団を顎《あご》まで引きあげて父親を見つめた。からかわれているのかと思った。「路上で暮らす人なんていないわ、パパ。車がたくさん通るんだもの」

「道路の上じゃないんだよ、ハニー。舗道の上だ。戸口とか階段の下とか。路地や橋の下に住む人もいる」

ギデオンは目が丸くなるのを感じた。父親はからかってなどいない。大真面目だ。

「橋の下に?」

「そう」

「それは悲しいわ、パパ」恐怖が湧いてきた。「どうしてなの？」

「そうだね……」父親に手を取ってもらい、たちまち安堵《あんど》が込みあげた。「住むところがない人もいるんだよ。そういう人たちが伝道所に夕食を取りにくるんだよ」

「というと、伝道所は彼らの家みたいなものなの？」

「彼らが食事をするところだ。でも、そこで食事をする人たちのほとんどは家がないんだよ」

ギデオンはそのことを考えた。暖かい毛布も枕もなく、母親や父親もなしで外で暮らすことを。伝道所に集まる人たちに家がないとしたら、もしかすると——「その人たちには家族もいないの？」

「そう」父親は深く息を吸った。「ほとんどがそうだよ、ベイビー」

ギデオンの目に涙があふれ、まばたきしなければ父親が見えなかった。「いちばん悲しいことだわ。だれかいっしょに暮らしてあげる人はいないの？」

父親は何か懸命に考えているようだった。「そんなに簡単なことじゃないんだよ、ギデオン。今にわかるよ」彼は娘の手を握った。「彼らのためにしてあげられる最高のことは、夕食を出して彼らのために祈ることだ」

ギデオンは心が濡れタオルのようになるのを感じた。重くて、涙でいっぱいで。

やがて彼女は、あることを思いついた。「その人たち、あまり幸せじゃないんでしょうね、きっと」

「そう、たぶんね」

ギデオンは指で目をぬぐって鼻をくすんと鳴らした。「それじゃ、たぶん……たぶん、あたしたちが彼らをにっこりさせられるかもね」

しばらく父親は何も言わなかったが、ギデオンは彼の目が濡れていると思った。

やがて父親の口の端が、かすかな笑みに吊りあがった。「それでこそわたしの娘だ」

彼の声は前より低かった。「みんなをにっこりさせようじゃないか」

4

イーディス・バジェットは、息子が姿を消してからずっと心を痛めてきた。自分がもうおばあさんで、息子が五十代だという事実は、その痛みを和らげはしなかった。

そのことがいちだんと痛みを募らせた。

人生は永遠に待ってはくれない。彼女はだれよりもそのことを知っていた。アールが早く戻ってくれなければ、電話もかけず、メッセージも残さず、手紙のひとつも書いてくれなければ、それらをしてくれた時、彼女と夫のポールはこの世にいないかもしれない。今ではふたりとも八十歳に近づき、どちらも病気がちだった。

イーディスは窓辺の椅子にもたれて、毎朝しているように外を見つめた。もう十二月だった。自分の一家が永遠に変わってしまったあの悲惨な日から五年の月日が流れた。彼女は震える息を吐いて、その記憶を締めだした。それらは今も、これからもずっとよみがえってほしくなかった。彼女とポールは、とことん嘆き悲しんできた。残された時間はほとんどなく、自分の手に負えなかったその時の記憶に浸ってこの貴重な時間を無駄にしたくなかった。

彼女は革表紙の日記と、そのなかにはさんであるブルーのペンを手に取った。その日記の数百ページはすでに書き込まれていたが、五年ほど前から、ページの大半はアールに宛てた手紙で埋められていた。最初のころの手紙には、あの五年前の午後に起きた悲劇についてばかり書かれていた。だが、しだいに他のことも書くようになった——アールの子供時代、彼の高校時代、彼にたいして感じていたのに伝えなかった気がすること。

姿を消してから彼が失ったさまざまな時。

アールの兄や姉はまだレディングに住んでいて、数週間おきの日曜日には夕食やハーツ・ゲームをしにやってきた。姪《めい》や甥《おい》たちも多く、そんな四季折々の暮らしをアールは味わえずにいた。

でも……ひょっとしたらアールはそんなものを恋しがっていないかもしれない。妄想癖が昂じたか、ドラッグ依存症になったか、もしかしたら死んでいるかもしれない。

イーディスは真新しいページを見つけて書きはじめた。今日はクリスマスについて話したかった。クリスマスはアールの大好きな季節だから。この季節が来ると、彼はいつも少年だったころに戻ったように見えた。

愛しいアールへ。彼女は手を止めてまた窓の外を見やった。**どこにいるの？ どうやって暮らしているの？** しばらく彼女は目を閉じて姿を消す前の彼の姿を思い出した。**家に戻ってちょうだい、息子よ。お願いだから。手遅れになる前に。**まばたきして目を開け、手元の日記に集中する。ペンがゆっくりとページの上を走りはじめた。

また十二月になり、これだけはあなたに言わなくては。この時期になると、私の希望はもっとも強くなります。あなたがどこかにいる姿を思い浮かべ、どこにいるにしても、あなたがこれだけはわかっていると信じてます。クリスマスには特別なことが起きると。あなたがどこにいるにしても、まだ私たちのことを思ってくれて

いますように、アール。私たちはまだここにいるわ——あなたのお父さんと私は、今でもあなたが帰るのを待っています。

ドアのところをじっと見つめながら。

ページに垂れた一粒の涙を彼女は指でそっと払った。今まで神に祈ったことはなかった。存在すらわからない神に、名もない人間の無言の言葉など届くはずがないと思っていた。でも今日のような日、自分が信心深かったらと思わずにはいられなかった。

彼女はティッシュペーパーを手にして目の下をぬぐった。そのときポールが入ってきて、静かに彼女の隣の椅子に坐った。

「アールに書いているのか？」

彼女はうなずき、彼と目を合わせた。どれほど月日がたっても、自分たちの末息子のことは決して忘れまいと夫婦で約束していた。彼の無事を願いつづけ、なによりも彼の帰宅を願いつづけよう、と。彼を探しつづけ、季節がめぐってくるたびに彼がいつか戻ってくると信じつづけよう、と。

ポールはしわだらけの顎をしごいて、家の前の小道に向き直った。「またクリスマスだな」

「ええ」イーディスは日記を閉じた。「同じことを考えてたのよ」

「あいつが消えてから、クリスマスが来るたびに――」ポールは、すっと息を呑んだ。しばしば息切れするようになり、一年前よりさらに弱っていた。「――今年こそはと自分に言い聞かせてきた。きっと帰ってくると。あの小道を歩いてきて、クリスマスをかんぺきにしてくれると。以前そうだったように」

彼女が愛したのは、ポールのそういうところだった。彼は心を打ち明けてくれた。多くの男はそうはできないし、そうしようとしなかった。でもポールは違った。彼らは五十七年間の結婚生活のすべてを大切にしてきた。なぜかというと、彼らは何よりもまず友達だったから。親友だったからだ。

彼女は手を伸ばしてポールの手に重ねた。「たぶん、このクリスマスに」

いつもなら、彼女がそう言うと、ポールは微笑んで同意したものだった。とどのつまり、希望がないとしたらふたりには何もないのだから。だが、今朝はポールの目が疑わしげに細まった。長い沈黙の後、彼は首を振った。「そうは思わないね、イーディス。今年はありえない」

イーディスの口の端が、がくんと下がった。「なんですって？」

彼は妻を見つめた。その目の中にあるものを見たとき、彼女の胃に穴を開けてしまったかのように思えた。ポールは彼女の問いかけに答えなくてもよかったのだ。彼の目が、本当は彼が言いたくなかったことを語っていた。

アールがいない五回めの十二月がめぐってきた今――連絡もなく、居場所もわからずに――ポールは諦めたのだ。そう気づいたイーディスは深く嘆いた。というのも、ポールの絶望が意味するものはひとつだけだから。彼はもうアールが戻ってくると期待していないのだ。このクリスマスも、つぎの年も。

もう二度と。

5

赤い手袋が消えてから五週間たち、アールはもう自分がだれだか見分けがつかなかった。それまでは心の奥底に、かつての自分の残滓《ざんし》が小さい影のように残っていた。だが、それも消えてしまった。

彼は伝道所を見まわし、皿をつかんで片隅にあるいつものテーブルを目指した。髪は濡れ、体中の骨がつねになくずきずき痛んだ。泥棒に根こそぎやられてから、防水シートを調達できずにいた。代わりに古いダンボール箱を被って雨と氷を防いできた。風邪をひいて咳がますますひどくなった。が、彼は気にしなかった。肺に水がたまったからって、それがどうした？　寝てる間に死ねりゃラッキーってもんだ。そうなれば死ぬ手段を探さずにすむ。

彼の人生はそこまで落ち込んでいた。けりをつける手段を探すほどまでに。小銭を恵んでもらい、ワインを一本買って、バスの前に飛びだしてもいい。あるいは階段の吹き抜けの寝ぐらに閉じこもり、食べ物や水を求めて外に出なけりゃいいのだ。だが、どちらも確実な方法には思えなかった。

確実なことはただひとつ、二度と自分の家族と会えないことだけだった。

とうに人生を諦めたとはいえ、アールは自分の家族が天国にいるという思いを振りきれずにいた。いつか自分にも時がめぐってきて、グランジ牧師が彼のために祈るのを受け入れることがあるとしたら、たぶん、ひょっとしたら、自分もまた天国に行けるのかもしれない。そうなれば家族と永遠にいっしょにいられるのだ。そんな永遠への思いが定期的に心をよぎっていたわけではない。泥棒に根こそぎ持っていかれる以前でさえ。とはいっても、その思いは薄汚れた心の奥でひっそり眠っていた。

だが、それも今は消えてしまった。

赤い手袋は彼の全財産、心のよすがだった。自分の家族を取りあげ、つぎに生きる意志まで奪いとるような神とは何だ？　いや、神とかいうもののすべてがまやかしだ——人間に恐ろしい死の谷を渡らせる杖《つえ》にすぎないじゃないか。

そう、人がどう思おうと勝手だが、自分には通用しない。彼は助けを必要としなかった。ただ死ぬことを求めていた。心から求めるあまり、それしか考えなくなった。どうやって死のうか……どこで……いつ……

彼は自分の皿を見つめた。またシチューか。肉のかけらとポテトのそばに固くなったロールパン、それもひとつだけだ。この伝道所は資金が乏しくなったにちがいない。いつもはふたつくれるのに。なくなる前にもうひとつとってこようか。

彼は目を上げた。するとテーブルの横に少女が立っていた。魂のこもったその瞳に、彼は思わずはっとした。「こんばんは《ハロー・サー》」笑みが彼女の口端を吊りあげた。「なにか持ってきましょうか?」

彼女は小柄で——体重も平均以下で——毛糸のベレー帽をかぶっていた。茶色の髪は細くてかさつき、服は色褪《いろあ》せていた。アールが見てきたなかでもっとも美しい子供とはとうてい言えなかった。

だが、彼女の目には何かがあった。天使を思わせる何かが。

そんな目で見ないでくれ。

アールはその言葉を口に出さず、また皿を見つめた。ときどき伝道所で奉仕してくれる子供たちがいたが、いつもアールを放っておいてくれた。この少女も立ち去ってくれるものと思ったが、彼女は反対に一歩近づいた。

「おじさん《サー》？」少女は身じろぎせず立ちつくしている。「なにか持ってきましょうか？」

アールはフォークを肉のかけらに刺して、また彼女を見つめた。「ロールパンをひとつしかくれなかった」

彼女は、また微笑んだ。「いいわ。もうひとつ持ってきてあげる」

彼女は普通の子供よりゆっくりと歩いていった。彼は少女が配膳台に近づいて空の皿を取り、ロールパンをふたつのせるのを見守った。やがて彼女は皿を持ってきて彼の前におき、待った。

「ありがとうって言わないの？」彼女の声は夏のそよ風のようにやさしかった。

「ほっといてくれないか」

少女は一瞬ためらってから、彼の反対側の椅子を引いて坐った。「あたしはギデオン」彼女は椅子を引き寄せた。「あなたの名前は？」

アールは彼女にどなろうか、別のテーブルを探そうか迷った。彼女の質問に答えれば、たぶん向こうに行ってくれるかもしれない。「アールだ」

「クリスマスまで三週間しかないのよ、アール。それを知っていた？」

クリスマス？　なぜこの子がここにいるんだ？　この子と会話したがってるばあさんがここにはたくさんいるはずじゃないか。なぜ自分に？　彼はシチューを呑み込み、彼女とちらりと目を合わせた。「クリスマスは大嫌いだ」

それで片がつく、と思った。クリスマスが嫌いだと言うと、たいていの子供はこっちの気分を察するものだ。が、この少女は違った。彼女はテーブルの上で両手を組んで彼を見つめた。「パパとあたしは、かんぺきなクリスマスについて話し合ったの。ほら――もしかんぺきなクリスマスが迎えられるとしたら、どんなふうになるのかなって」彼女は返事を待った。「あたしのを聞きたい？」

まだ食べかけなので、別のテーブルを探しに行けない。何も答えなければ、立ち去るだろう。彼はロールパンをかじって視線を下げた。

少女は、ひるまなかった。息をついで先をつづけた。「あたしのは、天井まで届く高さの本物のツリーがあって、きらきら光るライトや星がお部屋を照らしているの。それから弟のダスティンには消防車、それと金髪でレースの服を着た真新しいお人形……あたしにね」彼女は、心からくつろいでテーブルの端を指で軽く叩いた。

「あなたのは、アール？　あなたのかんぺきなクリスマスは、どんなふうなの？」

少女の質問は、彼の心に思いも寄らない反応をもたらした。彼の喉が詰まった。ロールパンを下に置いて水を飲まずにいられなかった。かんぺきなクリスマスか……ほんの一瞬、年ごとに繰り返された遠い昔の思い出が心をよぎった。家族といっしょにクリスマスツリーを囲み、みんなで祝って――

燃えるような怒りが込みあげ、思い出を消し去った。アールは少女をもう一度睨みつけた。こいつはいったいだれだ、どんな権利があってあれこれ質問するんだ？

「失《う》せろ」

少女はまばたきしたが、その瞳は前と同じだった。下町を流れる川よりも深かった。

「パパとあたしはクリスマスの奇跡が起きるようにってお祈りしたの。あたしの先生は、クリスマスの奇跡は信じる人に起きるって言ったのよ。もし真新しいお人形がもらえたとしたら、奇跡ってすごく素敵なものだと思わない？」

「よく聞け」アールのしわの寄った唇の間から、饐《す》えた吐息がもれた。「めしはひとりでとることにしてる」

「まあ」少女は椅子を引いて立った。「もう行くわね」前にはなかった悲しみの色が顔に浮かんでいた。アールは、ほんの少しだけ後ろめたく思った。その子に謝らなければならないような。

その思いは、浮かぶと同時に消え去った。

立ち去るとき、少女はもう一度だけ話しかけた。「あなたが信じるとしたら、神様はあなたにもクリスマスの奇跡を起こしてくださるかもしれないわ」

今度だけはアールも声を張りあげた。「何も信じてはいない」彼はカップをテーブルに叩きつけた。「ほっといてくれ」

伝道所の集会室の向こう側で、ブライアン・マーサーは食事を配りながらギデオンを見守りつづけた。彼女は約束を守り、テーブルを回っては疲れて弱っているホームレスの人たちを微笑ませていた。

だが、その年配の男だけは違った。

ブライアンは娘がその男にロールパンをいくつか持っていき、彼の向かいに坐るのを見守った。男がギデオンをうるさがっているのが見てとれた。でも、なんだって彼は娘にどなったりできるんだ？ ブライアンは怒りを押し殺した。子供にそんな態度をとるなんて、どんなにみじめな男なんだろう？ 手助けしようとしているだけの子供に？

ブライアンが訊きただしに行こうとした時、グランジ牧師がそばにやってきた。彼らは同じ高校に通って以来の古くからの友達だった。

グランジ牧師は、その男のほうを指さした。「あれがアールだよ」

「ああ、そうか」友達の声ににじむ欲求不満が、その男について知りたかったすべてを伝えていた。「あいつはギデオンにどなったんだ」

「知っている」グランジ牧師は眉をひそめた。「見てたよ」

ブライアンは娘に視線を向けた。彼女はこちらにやってきてティシュの横で仕事をしていた。彼女の生気は、前の半分に落ちたように見えた。「あの子は彼をにっこりさせたかったんだよ」

グランジ牧師は唇を引き締めて強く息を吐いた。「アールじいさんにはだれも近づけない」

「ギデオンのような子供にどなれる男には、だれも近づかないだろうな」

ギデオンは部屋を横切って彼らのところへやってきた。ブライアンは、娘の生気を奪ったその男を揺さぶってやりたいと思った。

「やってみたわ、パパ」彼女は片隅にいるその男を指さした。彼は食べ物にかがみ込み、テーブルに時間制限があるかのようにむさぼっていた。「でも、アールをにっこりさせることはできなかったの」

ブライアンは歯を食いしばり、怒りが鎮まるのを待った。「彼のことは忘れるんだ、ギデオン。にっこりしてくれたほかのみんなを見てごらん」彼は娘の高さまで腰をかがめた。「おまえはよくやったよ。一皿の食べ物を求めてやってきた人たちは、代わりにカップ一杯の幸せをもらったんだよ」

ギデオンのえくぼが深くなり、悲しみが少しおさまった。「アールにはバケツ一杯も必要ね」

グランジ牧師が一歩進み出た。「彼のことは心配しなくていいよ、ギデオン。みんなアールに近づこうと努力した。彼は幸せじゃないんだよ。彼をにっこりさせるには奇跡が必要だ」

ギデオンは一瞬ぽかんと口を開け、目を見開いた。彼女は父親に向き直り、慎み畏れる気持ちを込めて父親に訊いた。「彼はなんて言ったの？」

ボランティアたちが皿を洗う音がキッチンから響いた。ブライアンは娘に聞こえるように身をかがめた。「奇跡が必要だってさ」

「よかった」ギデオンは目を輝かせ、振りかえってアールを見つめた。彼は汚れものが入った流しに皿を入れ、冷たく暗い夜に向かって出ていこうとしていた。「あたしが思ったとおりだわ」

そう言い残して、彼女はスキップしながらホームレスたちの別のテーブルに向かっていった。消えた時と同じように素早く生気が戻ったようだった。なぜだろう、とブライアンは思った。ギデオンの頭にどんな思いがよぎったにせよ、あのアールじいさんとは無関係であることを願った。

あんなに苦々しい男には、人から注目される価値はない。

ましてや彼の大切な娘のギデオンからは。


ギデオンは、弟のダスティンが眠りにつくまで待った。

彼の柔らかい寝息が聞こえて、もう起きないとわかると、ベッドから抜け出して跪《ひざまず》いた。着古したナイトガウンごしにごつごつした床が当たり、膝が痛かった。病気になってからずっと、床が当たるたびに膝が痛んだ。でも今は痛みなどどうでもよかった。

伝道所を出てからずっと、そうしようと考えていたのだ。

伝道所の牧師がアールのことを話しているのを聞いた時、それを思いついたのだ。彼はなんて言ったんだっけ？　アールをにっこりさせるには奇跡が必要だ。そう、そう言ったのだ。奇跡が必要だって。あの時からずっとギデオンはそれについて考えていた。

最初アールにどなられた時は、悲しかった。まるで彼を怒らせるようなことを言ったみたいに。でも、まったくそうではなかった。

あのおじさんは、にっこりしない人よりもっと悪い。ギデオンにはその理由がわかっていた。アールは神様を信じていないから。

そして伝道所の牧師は、それを変えるには奇跡が必要だと言った。

ギデオンの心臓は、小学校の初日にそうだったようにどきどきした。彼女は両手を合わせて頭を垂れた。心のなかで静かに祈ることもあった。でも、今夜は違った。大きな祈りだった――今まで祈ったなかでいちばん大きな願いのひとつだった。だからこそダスティンが眠るまで待っていたのだ。声に出してささやけるように。

「神様。こんばんは。あたしです。ギデオンです」

彼女は待った。神様が話しかけたいと思われた時のために。

「パパとあたしは、クリスマスの奇跡としか呼べないような大きなことをお願いしました」脚の周りの空気がひんやりして体が震えはじめた。「それで、神様、あたしは見つけたと思います。あの伝道所に、アールというおじさんがいます。歳《とし》をとっていて、にっこりすることも忘れてしまいました。それよりひどいのは、信じることさえ忘れてることです」

彼女は膝が痛くならないように姿勢を変えた。「あたしの先生は、クリスマスの奇跡は信じる人に起きると言ってます。それが本当なら——本当に真実なら——お願いですから、もう一度アールが信じるように助けてください。これはとっても大きいことだけど、神様にはできるとわかってます。そうなったら、本当に最高のクリスマスの奇跡になるでしょう」

6

現実を見つめる時がきた。

クリスマスが十二日後に迫ったその日、ブライアン・マーサーは現実を認めるしかなかった。ギデオンが夢見るようなかんぺきなクリスマスにするためのお金がなかった。本物のツリーも、ダスティンのぴかぴかの消防車も、ギデオンの新しい人形も買えないだろう。

グランジ牧師は、寄付された品々のなかから贈りものの袋をみつくろってくれた――ギデオンのためには使い古しの牛のぬいぐるみ、ダスティンにはマッチ箱で作った自動車が詰まった袋、ほとんど読まれた形跡のない数冊の本。そしてブライアンとティシュは節約して貯めたお金で子供たちに新しい靴とソックスを買った。前よりも贅沢なクリスマスになるはずだが、かんぺきにはほど遠かった。

ティシュはそのことで悩む彼を慰めようとした。なんといっても、ギデオンは回復期に入ったのよ。これ以上何を望めるっていうの？　ギデオンの病気が家計を逼《ひっ》迫《ぱく》させていた。もし彼女が今のように元気でいてくれて、木材工場の景気が上向けば、もしかしたら来年か再来年には娘が望むようなクリスマスを迎えられるかもしれない。

彼は表のドアから入って古い椅子にコートをかけた。疲れと敗北感を味わっていた。「ティシュ？」彼が古いソファにもたれた時、ティシュとダスティンが階段を跳ぶように下りてきた。

「ねえパパ！　何してたかわかる？」ダスティンは彼の膝で飛び跳ねた。六歳にしては小柄だったが、その歳の男の子をふたり合わせたほど元気だった。「ママといっしょにクリスマスの紐《ひもかざ》飾りを作ってたんだよ」

、、、、、、、、
クリスマスの紐飾り。ブライアンは欲求不満を押し隠した。毎年ティシュは送られてくる広告パンフレットや古い雑誌をとっておき、子供たちがそれを切って丸めてカラフルな紙の塊を作り、長い紐に縫いつけるのだ。クリスマスの紐飾り、と彼らは呼んでいた。クリスマスを迎える準備として、その紐飾りを部屋中にかけまわすのだった。

本物のクリスマス飾りを買ってやれないものか？　一度だけでも？　ブライアンは息子の頬にキスをした。「えらいぞ、相棒。今まででいちばんいいやつだろうな」

ティシュはかがんでブライアンを抱擁した。貧しさにもかかわらず、彼女はとても美しく、幸せだった。彼は妻の前向きの姿勢を見てとり微笑んだ。「ギデオンはどこ？」

「隣のミセス・ジョーンズのところで新聞紙を束ねているわ」

「またか？」彼はソファの端に体をすべらせた。「先週もしたんじゃなかったか？」

「ふうむ」ティシュは顎を下げた。「だれかさん、何かに夢中みたいよ」

ブライアンは、ぽかんとした。「どういうことだい？」

ダスティンは膝からすべりおりて二階に遊びに行った。彼がいなくなると、ティシュはブライアンの片方の膝に坐って両腕を彼の首にまわした。「ギデオンは、伝道所に初めて行った夜からずっと隣のミセス・ジョーンズの手伝いをしているの」

「なんだって？　なぜぼくがそれを知らなかったんだ？」なぜギデオンは隣の家で、

手伝いをしているんだ？

「びっくりプレゼントのためだと思うわ」ティシュは彼に顔をすりつけた。「ミセス・ジョーンズに郵便物を届けるたびに二十五セント、新聞紙を束ねたり埃《ほこり》たたきをするたびに五十セントもらっているのよ」

ブライアンの欲求不満が倍になった。「あの子はまだ八つなんだよ、ティシュ。そんなことさせるわけにはいかない。あの子は何をしようとしているんだ？」

「何かにお金がいるんでしょうね」ティシュは彼の鼻の先を軽くつついた。「あの子のことは心配しないで、ブライアン。あの子はそうしたいのよ。何を考えているとしても、あの子の好きなようにさせましょうよ。きっとだれかにプレゼントを買いたいんじゃないかしら。それがギデオンにとって大切なことなら、私たちにとっても同じなんだから」

つぎの月曜日、ギデオンは小銭が入ったよれよれの紙袋をブライアンに渡して、こう告げた。

「あたし、お店に行きたいの」

ブライアンは、感情を表さないようにつとめた。「何がほしいのかい、ハニー？」

「アールのためにクリスマスのプレゼントを買いたいの」

ブライアンは驚きと不満が入り混じった複雑な思いに貫かれた。「伝道所にいた、あのアールじいさんに？」

「そう」ギデオンの熱心な顔に決意がみなぎっていた。彼女の興奮が伝わった。「明日の伝道所のクリスマス・ディナーのために。もう一度アールが信じるように助けてくださいって神様にお願いしたの。そしてアールにプレゼントをあげるって決めたの。クリスマスにだれからも何かもらったことがないんじゃないかしら」

「わかった」ブライアンはためらった。あの中年男はギデオンから贈りものをもらうに値しない。だが、そんなことを娘に言えるだろうか？「いくら持ってるんだね？」

ギデオンの目が輝いた。「五ドル十五セント」

五ドル十五セント。クリスマス・カードの一セットも買えないほどの金額だ。それでも、ティシュが言ったとおりだった。これがギデオンにとってそれほど大切なことなら――彼がどう思おうと――邪魔するわけにはいかない。彼はギデオンを抱きよせて耳元でささやいた。「わかったよ、ハニー、ぴったりの店を知っている」

二時間後、ふたりは腕を組んで古着屋から出てきた。ギデオンの肘《ひじ》には彼女が貯めたお金の最後の一セントまで使い果たした贈りものの袋が下がっていた。この二週間ずっとお手伝いをして貯めたすべてが。

家に着くと、ギデオンは母親に手伝ってほしいと頼んだ。

「贈りものの内側に縫いとりをしたいの」

ティシュの笑みはやさしく、理解にあふれていた。ブライアンは不満にとりつかれて見守った。ぼくより母親のほうがいいのか。あのじいさんに時間とお金を使いすぎる。ギデオンの愛情は、そんなものよりはるかに貴重なのに。

ギデオンは、もう三十分かけてアールのために絵を描いた。贈りものを茶色の紙袋に入れ、その絵も袋に入れて紐で口をきっちり縛った。つぎに彼女は袋の外側にクリスマスツリーと天使の絵を描いた。その真ん中に彼女は中年男の名前を書いた。

ブライアンとティシュは出来映えをほめた。「かんぺきね、ハニー」

「あの人、気に入ると思う？」彼女の希望に燃える瞳が彼らの目を探った。

「気に入るですって？」ティシュはギデオンを抱きよせた。「感激するでしょうよ」


つぎの夜、伝道所でディナーを出し終えた後、ブライアンとティシュはアールのテーブルに近い席について待った。その夜はクリスマス・コンサートがあったので普段より遅くなると思って、ダスティンは隣家に預けてきた。最初はコンサート、つぎにディナー。みんなが食べているとき、ギデオンは隠してあった場所から贈りものを取りだし、両親に見えるように高く掲げて親指を立ててみせた。

絵が描かれた茶色の紙袋を体の前で抱え、彼女はアールのテーブルに近づいて坐った。「メリー・クリスマス、アール」

ブライアンはふたりの会話が聞こえる気がした。彼を微笑ませてくれ。頼む。

アールは口の手前でフォークを止め、ギデオンを見上げた。「失せろ」

ギデオンは救いを求めるように両親を見やった。ティシュは身振りでギデオンに先に進むよう励ました。彼女は背筋を伸ばしてうなずき、アールに向き直った。ついで茶色の紙袋を彼の皿の前においた。「あなたにクリスマス・プレゼントを持ってきたの」

アールはそれを睨みつけた。しばらくは、贈りものの効果があったとブライアンは思った。やがて中年男はフォークを下においた。「クリスマスは大嫌いだ。言わなかったか?」

「言ったわ」ギデオンは彼の目をじっと見つめた。「神様を信じないこともね。でも、信じることは最高の贈りものだし、あなたにこれをあげたら、もしかしたら――」

「大きなお世話だ」アールの声が彼らのテーブルにも聞こえてきた。

ブライアンは男のほうに行こうとしたが、ティシュが彼の腕をつかんだ。「やめて、ブライアン」彼女はギデオンを見やった。「これは、あの子の問題なのよ」

「でも、あのばかばかしい贈りものに彼女は全財産を使い果たしたんだ」彼は喉が詰まるほどの怒りに歯を食いしばった。

「そうしたかったのよ」

ブライアンは吐息をついた。「そのとおりだ」彼は闘志がふつふつと湧きたつのを感じた。ふたりはギデオンとアールを見守った。彼らの娘は、アールが無礼な横やりを入れてからひと言も口にしなかった。

今、彼女は身を乗りだしてテーブルで両手を組み合わせている。「袋を開けてみないの？」

アールは目を伏せた。「たぶん捨てるだろうよ」

またブライアンの筋肉がこわばった。よくもそんなことを。いくつかテーブルを隔てた彼らの席からでさえ、ギデオンの目に涙が浮かぶのが見えた。

「捨てちゃいけないわ。これはクリスマスの贈りものなんだもの。あたし……あなたのために買ったのよ」

彼らの娘の声に、その中年男の視線を上げさせる何かがあったにちがいない。ギデオンの悲しい顔を見た男は、ぷりぷりして言った。「わかったよ」彼はテーブルから紙袋をつかんでコートのポケットに押し込んだ。「これでいいか？」

ブライアンは男のテーブルに駆け寄って彼を張り倒したい衝動を抑えつけた。

ギデオンはまばたきして涙を引っ込めた。なんとか勇気を出そうと必死だった。

「あたしは……袋を開けてほしいの、アール」

今度は男はどなった。「開けるつもりはない、わかったか？　もうほっといてくれ」男は死んだような目をして声を低めた。「クリスマスは大嫌いなんだよ。それに、おまえみたいなやつらも大嫌いだ」

ショックを受けたギデオンの顔を見て、アールは驚いた。自分がそんなことを口走ったのが信じられないと言わんばかりに。彼はフォークを投げるようにおき、椅子を引いて立ちあがった。それからひと言も口にせずに怒ったまま五歩でドアまで歩いて暗闇に消えていった。

ギデオンは口を開けたまま彼を見送った。彼が立ち去ると、彼女は絶望の色をにじませて両親を見やった。その目に浮かぶ苦痛がブライアンには何よりもつらかった。ふたりは娘のところに行っていっしょに抱きしめた。

「ああ、ハニー、かわいそうに」ティシュは娘の頬にキスしてひと粒の涙をぬぐった。

　ブライアンは口もきけず娘をじっと抱きしめた。神よ？　なんでこんなことをなさるんですか？　あれほど娘が働いたというのに？　彼は目を閉じて娘の小さい頭に自分の頭をつけた。

「彼は開けてもくれなかったわ」ギデオンの涙は、もう止めようがなかった。怒りに我を忘れたり、大声で泣いたりしなかった。ただ心を打ち砕かれた苦痛の涙を静かに流しているだけだった。その時初めてブライアンは見たくはなかった何かに気づいて、はっとした。ギデオンの目の下の隈《くま》が戻っていた。疲れて弱々しく見え、彼女の頭をさわった時、彼の息が止まった。

　燃えつきかけている。

　ああ神様、お願いだ！　今この子を病気にしないでください。ブライアンはなんとか集中しようとした。「おまえのせいじゃないよ、ハニー」彼は娘の頭の後ろを撫でた。「できるかぎりのことをしたんだから」

「でもパパ、あたし神様に奇跡をお願いしたのよ。もしアールにクリスマスの贈りものをしたら、彼がまた信じてくれるようになると思ったの」彼女は身を引いて彼の目を探り、ついでティシュの目を探った。「なぜうまくいかなかったの？」

その問いは、その夜ずっと宙に引っかかり、クリスマスにまつわるすべてを脅かした。だがアールの無礼な態度は、その二日後に受けた知らせとは比べ物にならなかった。

「お気の毒です」医者はギデオンに待合室で待つように言い、彼の診察室でブライアンとティシュに話しかけた。その朝ギデオンはひどく具合が悪かったので、ティシュは仕事を休んだのだ。「癌が再発しました。前より悪性で、進行性の癌です。お嬢さんには告知しなければならないでしょうね」

告知する？　ブライアンは息ができなかった。だめだ！　不公平だ。まさかギデオンが！　手足がしびれ、部屋が傾くのを感じた。隣でティシュが泣き出した。

医者はデスクのチャートを見つめた。「弟さんは骨髄移植にかんぺきに適合します」医者は声をひそめた。「今のように進行が速いと、その手術をする時期だと思いますよ」

ブライアンは息を弾ませた。「わかっています」彼は立ちあがって窓辺に歩いた。「どうやって費用を払えばいいんですか？」彼は振りかえって医者と目を合わせた。「保険に入ってないことをご存知でしょう」

「ええ」医者は腕組みをした。「病院から許可をもらいました。その手術を二万五千ドルでやりましょう。それは実費以下ですよ、ミスター・マーサー」彼はためらった。「その半分の費用があれば手術を始められます」

「二万五千ドル？」笑いというよりすすり泣きに近い音が彼の喉からもれた。「二十五ドルもないというのに」

「ほかに何か方法はないんですか？」ティシュは自分の腰に両腕をしっかり巻きつけた。「手術代を集めるために何かできることは？」

「あります」医者はパンフレットを取って彼女に渡した。「資金集めの会を開くんです。移植手術の費用を払うために多くの家族がそれをやってますよ」

「充分に集められなかったとしたら？」ブライアンの体が震えていた。おそいかかる不安や怒り、混乱や頭痛と闘っていた。

「前と同じように、ただちに化学療法を始めましょう」医者は顔をしかめた。「運がよければ、彼女はまた回復期に戻れるかもしれない」

「そうなったとしたら、幸運のおかげじゃないでしょうね、ドクター」ティシュは募金のパンフレットを胸に押し当てた。彼女の目にはブライアンが見たこともなかった決意の色があった。彼女は立ちあがってドアに向かった。「ギデオンといっしょにいたいので」

ティシュが立ち去ると、ブライアンは医者と視線を合わせた。「はっきり言ってください、先生。あの子はどのくらい悪いんですか?」

「彼女には移植手術が必要です、ミスター・マーサー」医者がまばたきするのを見て、どこまで言おうかと考えているのがわかった。ついに彼は吐息をついて頭を振った。「もう、あまり時間がありません」

ギデオンは、みんなが病室を出入りする間は無口だった。何人もの看護師が採血したり、モニターを設置したり、点滴の準備をしにやってきた。三十分後、彼女のもう片方の腕に点滴の袋が留めつけられた。この袋には彼女の小さい体をむしばむような、そして――もし神がそれに微笑みかけたとしたら――再び癌を追放できるかもしれない薬剤が入っていた。でも神様は癌を再発させたのだ。それに神様は、アールにびっくりプレゼントを持っていったときも助けてくださらなかった。

なのに、今さら助けを求めて何になるの?

看護師たちが立ち去ると、ブライアンとティシュはギデオンのそばに行った。ティシュはベッドにかがみ込んで娘の額にキスをした。「気分はどう、ハニー?」

ギデオンの目には何の感情も浮かんでいなかった。「ここにいたくないの」彼女は周りに設置されたモニターを見つめた。「この前の時みたいに、あたしの家で検査できないの?」

ブライアンは針を引き抜いて、すべては間違いだったと娘に言いたかった。ただ風邪をひいただけだ、と。彼は歯を食いしばってなんとか微笑もうとした。「入院は長くはならないよ、ギデオン。たぶん、ほんの数日だけだ」彼は娘のか細い指を握った。「おまえが家に戻れるようになるまで、ぼくらのどちらかがここにいるからね」

「わかった」彼女は疲れた声でゆっくりと言った。「でも、ひとつだけ知りたいことがあるの」

「何だい、ハニー？」ブライアンには彼女の頭のなかを駆けめぐっているにちがいない問いかけしか思いつかなかった。なぜあたしが？　なぜ今なの？　すべてがうまくいきそうだったのに、どうして？　もちろん、こうした問いかけは医者と話し合ってから彼の頭で燃えつづけている問いに比べたらものの数ではなかった。どうやって手術代を手に入れようか？

ティシュはギデオンの髪を指でそっと撫でた。「それは何なの？　教えてちょうだい」

「知りたいことは……」ギデオンは窓の外を見つめた。「……アールがあたしの贈りものを開けたかどうかなの」

7

アールは、あのクリスマス・ディナー以来、百個ものごみ箱を通りすぎていた。そのたびに少女からもらった紙袋を捨てようと自分に言い聞かせた――腐りかけた食べ物や濡れた紙くずやビールの空き缶のなかに投げ込もうと。ほかのすべてを忘れたのと同じように、これも忘れてしまえ。

だが、どうしても彼にはできなかった。

ばかな子供だ。なぜこのおれに贈りものなんかしたんだ？　そんなものはとっくに超えてしまったというのに。人を気遣うことも気遣われることもとっくに忘れたというのに。死ぬ方法を考えているくらいだから、クリスマスの贈りものをどうしようかなどと悩むのがおかしいんだ。

彼は路地裏をうろついた。クリスマスの三日前の日曜日だった。そのことを気にかけていなかったら、今ごろはもう死んでいたかもしれない。だが――彼の本意に反して――その贈りものは彼にとって意味があるものになっていた。もしかしたら少女が紙袋に描いたクリスマスツリーの絵か、その真ん中に彼の名前が下手な字で書かれていたせいかもしれない。

どういうわけか、それは彼がかつて送っていた人生を思い出させた。それこそがもっとも苛立つことだった。アールは過去を思い出したくなかった。赤い手袋がなくなり、過去は永遠に消えたのだ。何の希望もなく、歴史もなく、寒い夜に思い起こす親も家族もいない。

彼には何もなかった。

あの少女の贈りものを手にするまでは。

彼はパーカをさわった。まだそこにあった。くしゃくしゃになった紙袋が彼のパーカの深いポケットの奥にしまわれていた。まだ開けてはいなかった――開けるつもりもなかった。とくにクリスマスの三日前とあっては。

彼は湿った煉瓦《れんが》の壁にもたれて、路地の向こうに並ぶごみの缶を睨みつけた。雨はあがっていたが、もっと寒くなっていた。凍りつくような寒さに。赤い手袋があったころは、今ごろは眠りについていて夜明けまでの時間を慈しんでいただろう。だが手袋がなくなった今、時間はいっしょくたに流れていった。意味のない時間の流れ。

ビルの間を風が吹き抜け、ごみの缶をがたがた鳴らした。アールにはその音も聞こえず、灰色の顔に吹きつける冷たい風も感じなかった。

十二月二十二日。

どれほど殻に閉じこもっても、どんなに昔の彼と違ってしまっても、この日付だけは忘れたことがなかった。あれから五年が過ぎたことが信じられなかった。瞼《まぶた》を伏せると、路地の陰に彼らの姿が見えた。かつて愛した人たちの姿が。彼の父親と母親、姉たちと兄、その子供たち。だが、何よりも彼が愛した女たちが見えた。アンとモリー。彼にとってすべてだった女たち。

思い出が彼の眼前にたぐり出されていた。あの少女の贈りものを受け取ってから、ずっとそうだったように。十数回のクリスマス・イヴを迎えた間に、アンはただひとつのことしか望まなかった。アールが彼女たちといっしょに恒例のクリスマス礼拝に行ってくれることを。

「行きましょうよ、あなた。ね?」彼女は、あの朗らかな笑顔で、指を彼の指にからませた。「あなたの家族はいっしょに行ってくれないのよ。お願いだから」

だがアールは耳を貸そうとしなかった。「偽善者になりたくないんだよ、アン。ぼくが教会にたいしてどう感じているか知ってるだろう。ぼくはそんなふうに育てられなかった」

「モリーのことを考えて」彼女は息をつめて待っていた。彼が気を変えてくれるのを祈っていたのだろう。「あの子は、教会でパパが隣に坐った思い出がひとつもないまま大人になっていくのよ」

「それは、父親が偽善者だと知りながら大人になるよりましだよ」

アンは吐息をついたものだった。「わかったわ、アール」彼女は彼の頬にキスをした。「でも、いつか神様はあなたの安全な小箱の屋根を吹き飛ばして、あなたは信じるほかに道がなくなるでしょうね」

その思い出がかすれて消えた。

そう、アンは彼が教会にたいしてどう感じていたか知っていた。彼の家族もみんな。なぜなら、彼らも同じように感じていたからだ。神を信じていないなら、教会に行くべきではない。アールの両親は神を信じていなかった。単純なことだ。彼は唇を嚙み、パーカを首に引きあげた。

あの時、アンといっしょに教会に行っていたら。一度だけでも。彼女の単純な喜びを否定するなんて、いったいおれは何を考えてたんだ？　自分の信心など、たいして大切なものではなかったのに。

アンこそが大切だった。アンとモリーと家族みんなが。

アールはブーツを見つめた。最近は、そんな思い出がいつもよみがえった。朝も、昼も、夜も。時を選ばなかった。あの少女の贈りものをポケットにしまってから、つぎつぎに思い出が立ち現れていた。

彼はポケットに手を入れて茶色の紙袋を引っ張りだした。前より平らになってしわくちゃだった。アールは袋の絵をしげしげと見つめた――クリスマスツリー、天使たち、彼の名前。彼は袋を何度かそっと握ってみた。あの子は自分のような中年男に何を買ってくれたんだろう？　たぶんクッキーとかツリーの飾りといった手製の何かに決まっている。そんな子供っぽい何かだ。何が入っていようと、彼の人生が変わるはずはなく、ましてや彼を変えるはずもなかった。

だとしたら、なぜこれほどこだわってるんだ？

開けて、アール。開けて。

その声はアールの意識を切り裂いた。アンの声に聞こえた。だが、そんなことはありえない。いったいだれが……

彼は身を翻《ひるがえ》して右を見やり、ついで左を見やった。湿った路地が街灯にきらきら光っていたが、人っ子ひとりいなかった。あの声はどこから聞こえたのか？　なぜ今なのか？　アールがアンの声をこれほどはっきり聞いたのは何年も前のことだ。見捨てられた路地で、冷たい冬の風のなかで聞いたことは一度もなかった。

その言葉が彼の心にまた響いた。開けて、アール。

こんなことあるはずがない。妄想に駆られたのだ。たぶん寒さにやられたんだろう。あるいは、たえず死ぬことを考えているせいだ。ウイルスにやられたのかもしれない。理由はなんであれ、もっと声を聞こうと立ちつくすつもりはなかった。少女の贈りものがこれほどの悲嘆をもたらしたとしたら、それでもいい。紙袋を開けて、片をつけるまでだ。そうすれば袋ごと近くのごみの缶に放り込んで、死ぬ方法を考えることができる。

彼は茶色の紙袋を指で突き破ろうとしたが、少女の絵が邪魔をした。彼の一文字の唇から怒りの息がもれた。いまいましい子供だ。なんだって、このおれに贈りものなんかしなくちゃいけないんだ？　彼はもどかしげに袋の口の紐をまさぐり、ようやく結び目をほどいた。

また煉瓦の壁にもたれ、袋を街灯のほうに傾けてなかをのぞいた。暗くてよく見えなかったが、ストールか。または毛糸の帽子か。手を突っ込むと紙があった。アールの手はごつごつして大きく、引っ張りだした紙がくしゃくしゃになった。

これは何だ？　広げると、古い木の厩《うまや》と太陽のように金色に輝く飼い葉桶の絵が描かれていた。その周りにアールの知らない人物たちがクレヨンで描かれていた。

だが、もっとも驚いたのは、絵の下に書かれた少女のメッセージだった。


クリスマスの奇跡は、それを信じる人に起きる。愛を込めて、ギデオン。

アールは、たじろいだ。伝道所で初めて会った夜、あの少女が言ったのと同じ言葉だった。彼はまばたきして、もう一度メッセージを読んだ。おれは何を感じればいいんだ？　悲しみ？　真実？　希望？　そんなものは数年前に彼の人生から消えうせていた。とはいっても、何か奇妙でなじみのない感情が彼の魂をかき乱した。あのクリスマスに、モリーはこれと同じような絵を描いたんじゃなかったか――

もうたくさんだ。彼は少女の贈りものに心を揺すぶられまいと決めた。その絵をこれ以上しわにならないよう注意してたたんでポケットに入れると、袋のなかを探った。

なかにある何か柔らかいものに指が触れたとたん、ストールや帽子ではないとわかった。その感触には覚えがあった。それにひとつではなく、ふたつ。またなかをのぞき、今度は中身を引っ張りだした。

ふたつ揃ったそれを見つめた時、足の下で地面がぐらりと揺れた。頭が体から離れたように感じ、がくんと膝をついた。

夢を見てるんだ。彼は何度もまばたきしてみたが、贈りものは目の前にあった。いったいどうして？　まるで見当がつかなかった。ありえない。

あの少女とは伝道所のディナーで会ったのが最初だった。彼女が知っているはずがない。それに、どうやってこれを見つけたんだ？　七週間前に盗まれたものを。彼は頭を振って筋道を立てて考えようとした。どうやっても説明がつかなかった。だが、彼の両手には、まぎれもない事実が残っていた。あの少女は彼に手編みの赤い手袋を贈ったのだった。彼が失ったのとそっくり同じに見える赤い手袋を。

まさか……同じであるはずはない。そうじゃないか？　彼女はどこでこれを見つけたんだ？　アールは体を震わせながらしゃがみこんだ。片方の手袋の折り返しをめくって……心が沈んだ。アンのイニシャルはなかった。代わりに糸でメッセージが縫いとってあった。「信じる《ビリーブ》」

彼は三度もまばたきしてみたが、その言葉は消えなかった。これは何だろう？　盗まれたのとまったく同じ手袋だ。彼の赤い手袋。そんな手袋がふたつとあるはずがない。それはアンが自分で編んでくれたものだ。そうだとしたら、彼女のイニシャルはどこに？

彼は呼吸をしろと自分に言い聞かせた。ついで手袋を顔に当てて息をした。これは自分のだ。絶対にそうだ。最後にはめた時から、まったく変わっていなかった。赤い毛糸に顔を埋めていると、ふいに思い出がどっと押し寄せてきた。アンが自分のために祈っていたことは何だった？　いつか神様はあなたの安全な小箱の屋根を吹き飛ばして、信じるほかに道がなくなるでしょう？　そう、それだ。それこそアンがかつて祈っていたことだった。

彼は手袋の内側をまたのぞいた。「信じる」そのメッセージは、まだそこにあった。ふと思いついて、もう片方の折り返しも裏返してみた。前のと同じだった。アンのイニシャルはなかったが、ひとつの言葉が新しい白糸で縫いとられていた。

「信じる」

背筋がぞくっとした。

あ、あ、アン。

彼女の声が近くの車の流れのようにはっきり聞こえたのも不思議はなかった。神が彼の屋根を吹き飛ばしたのだ。彼が信じようとしなかった神が、どういうわけか信じるほかに道がないようなことをしてみせたのだ。

「神様？」

彼は目を開けて天を見上げた。ポートランドの空が平らで真っ暗なことはどうでもよかった。その瞬間、その向こうに人間の想像の産物ではない場所が広がっているのが見えた。それは現実だった。神と奇跡と人生それ自体のような現実。

クリスマスのように現実だった。

目から涙があふれ、彼はまた手袋に顔を埋めた。とつぜん、少女のことを思い出した。ギデオン。彼女の顔と、こちらの魂の奥まで見通すような無垢な瞳が目に浮かんだ。ほとんどの人が避けて通るのに彼女は彼に話しかけ、どなった後でさえ気遣ってくれた。そして、彼に最高の贈りものを持ってきてくれた。ありがとうの言葉も、微笑みさえも受けとれずに。

あの少女に何て言ったんだ？　クリスマスは大嫌いなんだよ。それに、おまえみたいなやつらも大嫌いだ。記憶がよみがえり、体がこわばった。なんとひねくれた男になってしまったんだ。アンはもうこれがおれだと気づきもしないだろう。モリーだってそうだ。

彼は赤い手袋をしっかりつかみ、一本ずつ指にはめていった。つぎに茶色の紙袋を注意してたたんで、乾いたほうのポケットにしまった。かわいそうな女の子。一生懸命にその贈りものを考えたのに。なんだって、あんなにひどい態度をとってしまったのか？

彼の涙はすすり泣きに変わり、もう一度天を仰いだ。あの子にひどい仕打ちをしてしまった、恥知らずなことを。失せろと言ったのだ。彼女がメリー・クリスマスと言ってくれたのに、クリスマスは大嫌いだとどなったのだ。

神も彼のひどい態度を悲しんでいるかのように雨が降りだし、彼の顔に当たって涙と混ざった。

「わたしは何てことをしたんだ、神様?」彼の声が路地にこだました。「許してください、お願いだ、許してください!」

雨が激しくなったが、彼は気にもとめなかった。手袋をはめた手をパーカのなかにたくし込み、じっとそこで雨に打たれていた。今までの自分を洗い流してくれるように。濡れれば濡れるほど、彼を覆っていた殻が溶けていった。「あなたを信じます、神様。信じます!」

神は実在していた。赤い手袋がそれを証明していた。彼がどんなにひどい男に成り下がっても、神はまだ彼を見捨てなかった。まだ。そのとき、氷雨《ひさめ》が降り注ぐさなか、彼の心に陽光が弾けた。彼は死にたくなかった、生きたかった——アンとモリーが誇りに思うような、真実に満ちたいい生き方をしたかった。彼女たちの信仰の炎は、あの悲惨な午後に消えてなくなったのではなかった。それは生きつづけていた。何よりもまず彼女たちにどれほど愛されていたか、という思い出のなかに。そして今は彼の魂に芽生えた生命のほとばしりのなかに。ギデオンの贈りものをどうしても開けなければという思いに駆られたのも不思議ではない。それが彼に何をもたらしたか見るといい。

雨は降りつづいたが、彼はもう泣かなかった。顔が妙な具合に引きつるのを感じた瞬間、そのわけがひらめいた。

彼は微笑んでいた。

あんまりうれしそうに微笑んだため、その感情を忘れていた顔の部分にまで笑みが広がった。あの赤い手袋が戻ってきた！　これは自分のにちがいない、そう信じようと心に決めた。このポートランドの街のどこかで、あのいたいけな少女が彼の手袋を見つけたのだ。たぶん古着専用の大箱のなかで、または古着屋で。どんな方法だったにせよ、とにかくこの手袋を見つけたのだ。そして――これがアールにとってどれほど意味があるのかまるで知らずに――家に持ちかえって袋に包み、彼にクリスマスの贈りものをしてくれたのだ。

いったいどういうことなのか？　神のみこころ以外にこんなことはありえない。結局、神は実在したのだ。彼がアンやモリーを見守っていたのと同じように、どこかで神は彼を見守っていたのだ。よろよろと立ちあがった時、もうひとつのことに気づいた。気分が変わっていた——前より軽やかで、生きている実感があった。ギデオンの寛容な心が彼を変え、すべてを変えたのだ。汚濁《おだく》と虚しさのさなかに奇跡をもたらしたのだ。

あの少女の寛容な心のおかげで、彼はもう希望のないホームレスではなくなっていた。今まさに人生が変わろうとする信者のひとりだった。彼が立っている場所は、冷たく濡れたひとけのない路地裏ではなかった。

そこは聖地だった。

いくつもの考えが彼の頭を駆けめぐった。これからしたいこと、するべきこと……信じることができた今。彼は頭のなかでリストを作り、明日からの日々がもたらすものを思って胸を高鳴らせた。

やがて、もうひとつの思いが頭をよぎった。これはすべてクリスマスの三日前に起きたのだ。五年前、すべてを失ったときと同じ日に。

彼の膝が震えた。彼はもうためらわずに自分の寝ぐらに歩いていった。今度は目を開けて、街のすべてをしっかり受けとめた。湿った空気、葉の落ちた楓《かえで》の樹々、冷たい石壁、派手なアディダスの広告看板。下町の周辺の丘でまたたく光のブランケット。タラズ食堂の裏手にあるごみの缶までしっかり見つめた。伝道所で食事が出ない日は、そこでしけったフランスパンや残り物のラザーニャをあさっていたのだ。

それらすべてを記憶にとどめておきたかった。神のみこころのおかげで、まもなくホームレス暮らしと決別するつもりだったから。そして神に見出されたこの場所を決して忘れたくなかったから。

だが、ここを去る前にどうしてもしなければならないことがあった。明日は伝道所に行ってグランジ牧師に会い、あの子供のことを訊こう。なんといっても命の恩人なのだから。彼女の贈りものに、返礼のしようもないほど大きなものを与えられたのだ。少なくとも彼女に会って謝りたい、もちろんお礼を言いたい。

少女が贈りものを渡してくれた時、そうすべきだったように。

その夜、新しい防水シートの下にもぐった彼は、毛糸の手袋をはめた手のひらにキスして、妻と娘に「おやすみ」と言った。過去の夢は見なかった。眠りもしなかった。眠るどころか目を大きく開いて、この五年間まるで考えなかったことを思い描いた。自分の未来。信じられる未来。とつぜん神自身と同じくらい現実となった未来。

そしてクリスマスの奇跡と同じように実感できる未来のことを。

8

ギデオンはできるだけ動かずに横たわっていた。

動くと痛いからだけではなく、よくなりたいなら休むようにと医者に言われたからだ。よくなったらどんなにいいか。ほんの少しでもよくなったら、明日は家に帰れると医者は言った――クリスマス・イヴに。そして家族といっしょに何日か過ごしていい、と。

彼女は頭を傾けて窓の外を見つめた。雨は上がっていたが、雲は低く垂れていた。雪雲かもしれない。ダスティンは、小学校で子供たちが雪の話をしていたと言った。それも大雪。みんながホワイト・クリスマスを待ち望んでいた。

彼女は枕に沈みこんだ。雪はどうでもよかった。どっちみち外で遊べないのだから。でも、そんなに寒くなったら、アールはどこに行けばいいの？　家がない人たちは、地面が雪で覆われたらどこで眠るの？

彼があの贈りものを開けてくれさえしたら。少なくとも、彼の両手は温かくなるのに。

彼女は古着屋に行った午後のことを思い返した。彼にぴったりの贈りものにしたかったが、その赤い手袋を見るまでは何をあげたらいいかわからなかった。父親といっしょにソックスや懐中電灯や古い毛布を見てまわった。ソックスはあまり分厚くなく、懐中電灯は電池が必要だった。古い毛布は高すぎた。古着屋で売っているものはほとんどアールのような人には役に立たないと父は言った。

その時、赤い手袋を見つけたのだ。

それは柔らかくて、分厚くて、クリスマスのように赤かった。充分に大きいから男の人の手にも合うよ、と父は言った。アールのような大柄な人にさえ。その手袋があれば外でも温かいはずだ、とギデオンは思った。その手袋を見て、彼がまた信じるようになるとも思った。

だから母に頼んで手袋の両方の内側に「信じる」と縫いとりするのを手伝っても

らったのだ。それこそがアールのために願ったことだった。温かい両手よりもっと強く。彼がまた信じるようになることを。

あの夜、伝道所でアールが贈りものを開けてくれていたら。その願いがかなえられていたかもしれない。そして、心から願ったクリスマスの奇跡が起きていたかもしれない。

でも、今はもう遅すぎる。クリスマスはすぐそこまで来ている。グランジ牧師は、食事にやってきたアールが手袋をはめていなかったと父に言っていた。彼があの贈りものをどうしたのか、だれも知らない。開けたかどうかもわからない。

だから、あれほど心から信じたのに、奇跡なんか起きなかったのだ。彼女は頬に落ちたひと粒の涙を指で払った。先生は間違っていたに決まってる。クリスマスの奇跡は、信じる人に起きなかった。まったく起きなかった。それは、聖書にあるような昔の話なのかもしれない。

彼女の吐息は、静かな部屋で悲しい音をたてた。前よりも病状が進んだことはわかっていた。両親がいつも泣いていたから。入院したてのころは両親のどちらかがいつもいっしょにいてくれた。でも数日すると彼らは仕事に、ダスティンは学校に行かなくてはならなかった。今では両親が来るのは夜だけだった。彼らは両手を握ってくれ、残り少なくなった髪を撫でてくれ、彼女に背を向けて泣いた。彼女は気づかないふりをした。前に病気になった時もそうだった。両親が泣くのを気遣うと、ふたりともよけいに悲しがるから。

脚に痛みが走った。彼女は脚を動かした。シーツのほかの場所にすべらせると痛みが薄れることもあった。でも今日は違った。彼女は顔をしかめて窓の下枠に止まった小鳥を見つめた。

「こんにちは、小鳥ちゃん」その言葉は静かでゆっくりとしていた。「こんにちは」小鳥は二度はねてから飛んでいった。

彼女はまた雲をながめた。そのことを考えなければ苦痛はなんとか我慢できた。つらいのは、今度の痛みが前よりひどいことだった。一カ所だけではなく全身が痛かった。インフルエンザにかかった時のように。それに、このあいだ両親が話すのを聞いてから、今度は前よりもっと悪いのかもしれないと思った。ときたま彼女が聞いていないと思って、医者が両親に移植とかいう話をすることがあった。その言葉は前にも聞いたことがあったが、どんなことなのか知らなかった。

たぶん、病気を治すための薬か、特別な器具のことだろう。詳しくはわからなかったが、とてつもないお金がかかることはたしかだった。そうでなければ、医者はとっくにそうしてくれていたはずだから。それでもいい。神様がいっしょにいてくださるんだし、何が起きても神様が守ってくださるから。でも神様、あたしに何が起きても、クリスマスには家に帰らせてください。

もちろん、よくならないかもしれない。子供が癌で死ぬこともある。ある時父と病院に治療に行った時、待合室で男の人と女の人が泣いていた。じろじろ見るつもりはなかったが、どうしても目が行ってしまった。後で看護師に、あのふたりはなぜ泣いているのかと訊いた。

「お嬢さんが今朝《けさ》、亡くなったのよ」看護師は言った。

「亡くなった?」

「ええ。三年前から癌と闘っていたのよ」看護師の額にしわが寄り、疲れた目をしていた。「今日、彼女は闘いに負けてしまったの」

それ以来、ギデオンは癌について今までとは違う見方をするようになった。それは長い風邪や中耳炎のような悪い病気というだけではなく、闘うものなのだ。その闘いに負けたら、死ぬことになるのだ。

彼女はあくびをした。

死ぬのは悲しいかもしれない。ママやパパやダスティンと会えなくなるのだから。でも、怖くはないだろう。両親はいつも天国について話していたし、内心では天国に行くことを思うとわくわくすることもあった。黄金の街並み。痛みのないところ。涙のないところ。それに、いつか家族もそこに来るのだから。

癌が何かを知り、どんなに重い病気かわかった後で、自分が心配していないことを両親に知らせたいと思った。数日前に入院した時、彼女はそのことを両親に話した。

「天国はきっと素晴らしいところだわ、そう思わない？」彼女は最初に母親を、つぎに父親をまっすぐ見つめた。

父親は彼女の手を握りしめた。「そうとも、ハニー、素晴らしいところだ」父の目は濡れて赤く、にっこりする父の顎が上下に動いていた。「でも、それはずっと後のことだよ、いいね？」

「みんなでいっしょに行けるようにっていう意味？」

「そうだよ、ハニー」

天国のことについては父の言うとおりかもしれない。みんなが歳をとるまで待ったほうがいいのかもしれない。そうすれば、ひとりで待つこともなく、みんないっしょに行けるのだから。

彼女はまたあくびをして寝返りをうった。最近はいつも疲れていたが、それはいいことだった。眠っている間は、このうえなく素敵な夢が見られるから。体がほぐれるのを感じた。音や光や痛みさえも遠ざかりはじめた。

ゆっくりと眠りに落ちていくうちに、目の前に黄金に輝く街が現れた。きらきら光る金色のビルディング、通りの両側を流れる鮮やかなブルーの川。前方に見たことのない男の人がいた。少しずつ近づいていくと、その男の顔がだれだかひらめいた。アールだ！ ただし彼の服はぼろぼろではなく、顔はなめらかだった。怒ってもいなかった。それどころか……そう！ 彼女はもっと近づいてそれが本当かどうか確かめた。彼は微笑んでいた！ それに、目に何か前と違うものが浮かんでいた。それが何なのか考えようとした……

アールは信じたのだ！ きっとそうだ。彼の目はきらきら輝いて澄みきっていた。

その時アールは背を向けて歩き出した。

「待って！　行かないで！」背中に呼びかけたが、彼には聞こえなかった。

「ここにいなさい、ギデオン」

「だれが言ったの？」くるりと振り向くと、すぐ横に輝く髪をした背の高い男の人がいた。

彼はギデオンの手を取った。「きっと気に入るよ。おまえのために宮殿を用意してある」

この宮殿は何？　なぜ両親がここにいないの？　アールはどうしたの？　彼が立ち去れるなら、あたしも行けるんじゃないの？

その時、はっと気づいた。もちろんそうだ。あたしは天国にいるのだ。癌が闘いに勝って、あたしがここに来たのだ。悲しいはずはないのに、悲しかった。ほんの少し。素晴らしい場所じゃないからではなく、ママやパパやダスティンがここにいないから。ということは、どこかでみんなが泣いているのだ、彼女に会いたがって。

あたしがみんなに会いたがっているように。

「アール！」もう一度、彼の背中に声をかけると、今度は振り向いた。

「ギデオン。あんただと思ったよ」彼は、はるか向こうの場所にいた。でも彼の顔は見ることができた。泣いているような顔をしていた。「ありがとう、ギデオン。心からお礼を言うよ。ありがとう……ありがとう……ありがとう……」

その言葉を口にするたびに彼の声は低くなった。ギデオンは混乱して頭を振った。彼女は横にいる背の高い人を見上げた。「どうして彼は私にお礼を言ってるの？」

彼は何も答えず、にっこりしながらアールを指さした。

今度は前には気づかなかった何かが見え、ギデオンは息を呑んだ。

彼が手袋をはめている！　クリスマスに贈ったあの赤い手袋を！

彼女は横にいる男の人の手を引っ張った。「彼の手を見て！」幸せな心が彼女の体を浮かびあがらせ、気づくと黄金の街の上空を天使のように飛びまわっていた。

アールがあの赤い手袋をはめている！

雲のなかからもう一度アールを見やって、それが本当かどうか確かめた。アールは彼女に向かって両手を振ってまた微笑むと、街の門から外に出ていった。ギデオンは雲を抜けて背の高い人の近くに舞い降りたが、彼の声は消えはじめていた。実際、あらゆるものが消えようとしていた。輝く髪をした男の人、黄金の街並み、彼女が立っていた通りまでも。

少しずつ光が戻り、ギデオンは目を開けた。看護師が横に立って点滴を取り替えていた。彼女は天国ではなく、病院にいた。アールは変わっていなかった。たぶん彼女の贈りものを開きもしなかったのだろう。

すべては夢だったのだ。でも、他の夢を見た後のように悲しくはなかった。なぜかって、今度は神様が何か特別なことを告げようとしていると感じたから。

クリスマスの奇跡は、昔だけに限られた話ではなかったのだ。

それは今のためにあった。信じて奇跡を待ち望む人のために。看護師が彼女の腕に刺さったチューブに新しい点滴を取りつける間、ギデオンはひそかに微笑んだ。そう、クリスマスの奇跡は、今の時代にも起きるのだ。なんといっても、神様はアールの姿を見せてくださったじゃないの。

彼がもしかしたらそうなるかもしれない姿を。
もし彼が信じさえしたら。

9

今度はアールはそれを取らなかった。

朝日が昇ると、アールは赤い手袋をはめたまま一ブロック先の古いガソリンスタンドに向かった。そこでは二ドルでシャワーを浴びて髭を剃り、櫛《くし》で髪をとかすことができた。アールはナップザックから小銭をかき集め、それら三つのことをした。

つぎに伝道所に向かった。

グランジ牧師が執務室でコンピュータに向かっている時、アールがドアをノックした。

「はい」彼は見上げて、ぽかんとした顔をした。

アールは微笑を押し殺した。「わたしがだれかわからんだろうね?」

グランジ牧師は鋭いブルーの目を細くして相手を見つめた。「アールなのか？」彼の瞼は、髪の生え際につくほど吊りあがった。彼は立ちあがり、デスクをまわってきてアールと握手した。彼の微笑みは目や鼻と同じように顔の一部になっていた。「信じられない！　二十歳も若く見えるじゃないか。髭のないきみを初めて見たよ。素晴らしい変わりようだな」

「それだけじゃないよ」

グランジ牧師はデスクにもたれた。「本当か？」

「ああ」アールの心臓がビリヤードの球のように胸のなかで飛び跳ねた。「神が昨夜わたしを見つけてくれたんだよ、グランジ牧師。ちゃんとね」

グランジ牧師の顔にいくつもの質問が交錯するのが見えた。「教会の礼拝とか、そんなことじゃないんだ」彼は間をおいた。あの子供にひどい態度をとったことがまだ心に疼《うず》いていた。「あの子供なんだよ。あの小さい女の子だ」

「女の子？」

アールは床に視線を向けた。何ていう名前だっけ？　なぜ思い出せないんだ？今だけは耄碌《もうろく》したと思われたくない。「ほら、あの女の子だよ。茶色の髪、深い瞳。

毛糸の帽子。クリスマス・ディナーのとき家族とここに来て、わたしに贈りものをくれた子だよ」

「ああ」グランジ牧師の顔に納得の色が浮かんだ。「ギデオンのことか」

「ギデオン。そう、その子だ」アールは息を吸った。「あの子にお礼を言わなくちゃ。今日。一刻も早く」

グランジ牧師は目を丸くして後ずさった。「アール、それはちょっと――」

アールは手を振って彼を遮《さえぎ》った。「プライバシー保護のルールがあるのは知ってるし、彼女の苗字や電話番号は必要ない。あんたが電話してくれればそれでいい」

アールの指が震えだした。「あんたはわかってないんだ」彼は唇を舐《な》めて息をついだ。「あの子にひどいことをしてしまった、無礼で邪険で……とにかくひどいことをね」

グランジ牧師の顎の筋肉が引きつった。アールが彼と会って以来、微笑んでいない顔を見るのは初めてだった。「彼女に謝りたい、そういうことか?」

「そうだ。彼女と、その両親に。それからギデオンにお礼を言いたい」アールの鼓動が速くなった。「あんたにはわからないだろう……」彼の声がかすれた。「あの少女がわたしの人生を変えたんだよ」

「ああ、よくわかるよ」今度はグランジ牧師の口の端がかすかに吊りあがった。

「昔からギデオンを知っているんだ。あの子は特別な女の子だよ」

自分がどんなにすまないと思っているか、あの贈りものにどれほど感謝しているか、一刻も速く彼女に伝えなければ。その思いでアールの胃が痛くなった。「じゃ、今すぐ電話してくれないか？　言わなくちゃいけないことを伝えるために。彼女と両親に謝って、きちんと筋を通したい。頼むよ」

グランジ牧師は口を開けたが、言葉が出てこなかった。彼の体の奥からもれた吐息は一分もつづくかに見えた。それは一生かけてホームレスの人々を支援し、世俗の成功とは無関係な人がもらすような吐息だった。

だが、まさかグランジ牧師が。

伝道所で食事をとってきた数年間、アールは彼が吐息をもらすのを聞いたことは一度もなかった。

何が起きるか察しがついた。グランジ牧師から丁寧に追い返され、二度とあの少女に会えないのだろう。自分がどんなに間違っていたか、彼女と両親に謝ることもできないのだろう。そうさせてはならない。そんなことは耐えられない！「頼む。どうしても彼女と話したいんだ」

「それはできない」グランジ牧師はアールの目を見つめた。「ギデオンは病気だ。今は病院にいる」彼は視線を下に向け、同時にアールの心も沈んだ。「クリスマスに家に戻れるかどうかもわからない」

あの子が病気だって？　一週間前の伝道所のディナーの時は元気だったじゃないか？「流感とか、そんなことかい？」

「いや」グランジ牧師は目を上げた。その顔は青ざめていた。「あの子は癌なんだよ、アール。白血病だ」

「何だって？」アールは倒れまいとしてドア枠をつかんだ。

「一週間前は回復期に入っていた」彼は唇を嚙んだ。「でも今はもっと悪くなっている。比べられないほどに」

ボウリングのボールのような塊がアールの内臓を満たした。頭がくらくらして、近くの椅子によろめき進んだ。「わたしのせいだ」呟きに近い言葉がもれた。「みんなわたしのせいだ」

「違うよ、アール」グランジ牧師は近づいてアールの肩に手をおいた。「ギデオンはずっと前から病気だった。医者には癌がいずれは再発するとわかっていた。ただ、こんなに早くなければいいと願っていたけれどね」

アールは親指と人差し指で額を締めつけた。今あのかわいそうな子供は、最後にした親切なおこないが拒絶されたと知りながら、病院のベッドで寝ているのだ。昨夜からずっと、どんなにすまないと思っているか、どれほど感謝しているか電話したいと思いつづけてきた。だがもう手遅れなのだ。そんなに病気が重いとしたら、病院に電話するなどとんでもない。「きみのせいじゃないよ、アール」グランジ牧師は咳払いした。「よくあることだ」

アールは百歳も年取ったように感じながらよろよろと立ちあがった。彼はグランジ牧師の目を見つめた。「わたしに何かできることは？」

「いっしょに祈ろう」グランジ牧師は目をうるませた。「彼女には骨髄移植が必要だが、両親にはそのお金がない。手術しないと、生存の見込みは……そう、あまりない」

アールの心にひとつの考えが芽生えた。「費用はどれぐらいかね？」

「骨髄移植の?」

「そう」アールの動悸《どうき》が速まった。「いくらかかるのかい?」

「数万ドルだよ、アール。きみや私が一生かけても手に入らない金額だ」

「じつを言うと……」アールは慎重に言葉を選んだ。妄想癖が昂じたなどと思われたくなかった。「いくらか金は持っている」

「何だって?」グランジ牧師は好奇心をそそられて含み笑いをもらし、アールをしげしげと見つめた。「いくら持っているのかい?」

アールはまばたきしなかった。「彼女はいくら必要なんだ?」

牧師はアールを長いこと見つめた。「きみの話を聞かせてもらう時が来たようだ」

「そうかもしれない」アールは椅子に戻って牧師をまっすぐ見つめた。「わたしはずっとこんなではなかったんだ」

「ほとんどのホームレスがそうだよ」牧師は、かすかに微笑んだ。「何かが起きる。死別、依存症、失業、鬱《うつ》病。伝道所の常連たちがどんな過去を持っているか、聞けば驚くだろうね」

アールは押し黙った。「それは考えたこともなかった。みんなわたしと同じなんだ」

「それが普通だよ。汚れた服や、とげとげしい顔の奥に何があるか見通すのはむずかしい。虚ろな目や、身についた異臭の向こうにあるものを想像するのは困難だ。だが、共通点はひとつ、だれにも過去があるってことだよ」

汚れた服、身についた異臭？　アールはその言葉を心で繰り返した。ここまで自《じ》堕落《だらく》になった自分を、アンとモリーはどう思うだろう？　恥じる思いが込みあげて息ができないほどだった。助けてください、神様。自分で作りだしたこの無意味な人生の向こうにあるものを見させてください。

「よろしい」グランジ牧師は彼に合図した。「きみの話を聞かせてくれ」

五年前の十二月を思い返した時、アールの目に初めて涙が浮かんだ——彼が路上で暮らすきっかけとなったあの出来事を振りかえろうと決めた時に。昨夜の路地裏でもそうだったように、アールの心を覆っていた殻がはがれはじめ、どこから話しはじめたらいいかはっきりわかった。最初から話すのだ。彼が最初に恋に落ちたところから。

当時の光景が浮かぶと、自然に言葉になった。そしてついに、長年の沈黙を破ってアールは語りはじめた。

10

「彼女の名前はアン」当時にさかのぼるうちにアールの視界は曇っていった。「わたしたちは向かい合わせの家で育った。カリフォルニアのレディングのずっと南で」

グランジ牧師は足を組んで耳を傾けた。

「彼女は幼稚園でいちばんかわいい子で、わたしはふたつ年上だったくせに、彼女に決めたと母親に言ったんだ。いつか彼女と結婚すると」

アールの話が転がりだすと、牧師はそっと声を立てて笑った。

最初、彼の両親は、何かかわいくて無邪気なことを言う子供にそうするように笑った。彼らは息子の頭を軽く撫でた。「いいとも。向かいの家の女の子と結婚しなさい」

年月が過ぎてもアールの計画は揺るがなかった。だが、問題がひとつあった。アンの眼中に彼はいなかった。

快活で社交的な彼女はいつも友達に囲まれていて、たまに互いの家の外ですれ違う時、彼に手を振るだけだった。だが、アンが十六歳になった夏、すべてが変わった。アールが高校を卒業したその年、アンは友達と前庭で日光浴をしていた。ある午後、アールが仕事から戻った一時間後に、アンが彼の家のドアを叩いた。

「こんにちは、アール」彼女の微笑みは太陽よりも明るかった。「あたしの友達があなたに会いたがってるの。ちょっとこっちに来て、いっしょにおしゃべりしない？」

その日、アールは午後三時で仕事を終えていた。高鳴る胸と汗ばむ手でショーツに着替え、通りを走って横ぎり女の子たちの輪に混じった。彼女の友達が帰ってからも、ずっとアンは彼とおしゃべりした。

「なぜもっと前にこうしなかったのかしら？」彼女は目を躍らせて顔を傾けた。

「忙しかったから、かな」アールは顔が熱くなるのを感じた。ふたりきりになった今、彼女に真実を悟られやしないかと怖れた。彼女が自分の名前を書けるようになる前から、彼女に恋をしていたことを。

彼女は後ろにもたれ、そよ風に髪が揺れていた。「あたしの友達が、あなたのことなんて言ったかわかる?」

「なんて言ったの?」アールの緊張が少し解けた。

「あたしがあなたの向かいの家に住んでいてラッキーだって」アンは彼に向かって睫毛《まつげ》をそよがせた。「それと、あなたみたいなハンサムな男の子に会ったこともないって」

「それはどうも」アールは肩をすくめた。「もちろん、彼女はよくデートを申し込まれるんだろうね?」

アンのほっそりした喉から笑いが弾け、彼女は芝生に仰向けになった。話ができるようになると、彼女はアールの目をじっと見つめた。「で……あなたもだれかと本気でデートしてるの?」

「いや。きみは?」

アンは首を横に振った。どきんとするほど無邪気な表情だった。「あたし若すぎるもの」

「そうだね」

彼女は唇を噛んだ。「先月、十六歳になったのよ」

アールの胸が高鳴った。なぜそんなことを言うんだ？　「ほんとに？」

「ほんとよ」彼女はためらった。「だからもうデートできるの。でも、あたしが信用する男の子だけ。わかるでしょ、あたしが前から知ってる男の子。あたしの両親が会ったことがある子よ」

アールの口の粘膜が紙のように感じられた。彼は唾を呑んだ。「そうだね」この会話がどこに行きつくのか見当もつかなかった。

「だから……」アンは、ふいに恥かしそうに微笑んだ。「この夏は、あなたといっしょに過ごせるかなって」

「ああ」アールの心臓が花火のように弾けたが、声が上ずるのは抑えた。「そうできるかもしれないいな」

記憶がかすれ、アールは牧師に向かってまばたきした。「それからはいつもいっしょだった。その夏はシャスタ湖で泳いだり釣りをしたり。仕事以外の時間はいつもアンといっしょにいた」

「素敵な女の子だったようだね」

アールはうなずいた。「そう――そうだった」いまだに過去形なのが身にこたえた――これから話すことと同じぐらいに胸が痛んだ。

過去の思い出の断片がいくつも頭をよぎり、アールは先をつづけた。

その夏の終わりに、アールとアンは近所を散歩していた。

「ずっと考えていたんだけど」彼は舗道の砂利の塊を蹴った。

「それはいいわね」彼女は彼の肋骨を肘でつつき、にっこりした。「あたしもよ」

彼はくすくす笑って歩調をゆるめた。「じつを言うと」彼はアンの目を見つめた。

「この夏ずっといっしょにいたことを考えてたんだよ」

彼女は足を止めて彼に向き合った。これほど美しい彼女を見たことがない、とアールは思った。「ほんとね、そうじゃない?」

「ふうむ」彼は笑みを押し隠した。「それに、きみの両親にも会った」

「何度もね」

「だから、もしかしたらぼくたちはきっと……」

アンは一歩だけ近寄った。「聞いてるわ」

アールが吐いた息は、弱々しい笑い声になった。「ぼくが言いたいのは、アン、土曜日の夜にぼくとデートしてくれないか?」

彼女の目の輝きは生きているかぎり忘れないだろう、とアールは思った。「ねえ、知ってる、アール?」

「何を?」

「あなたがいつ申し込んでくれるかと思ってたのよ」

ふたりの初めてのデートは魔法としか思えなかった。シャスタ湖のほとりでピクニックのディナー、その後で立ち寄った喫茶店でミルクシェーク。早めに家に戻り、彼女の家のポーチのブランコに坐った。アールが通りの向かいにある自分の家に帰る前に、ふたりはごく短いキスを交した。数インチも顔を離したまま、アールは彼女の目を探り、彼女の髪のひと房をそっと額から払いのけた。

「七歳のとき、きみが世界でいちばんきれいだと思った」

彼女はくすくす笑った。「あなたが七つの時?」

「そう」彼はまた唇で彼女のそれに軽く触れた。「いつかきみと結婚するつもりだって、いつも父に言っていたんだ」

アンの表情がやわらいだ。「ほんとに?」

「まだ子供だったからね」アンがもっとよく見えるように彼は身を引いた。「でも、そう、それがぼくの夢だった」

「そうね……」月光が彼女の目に反射して、魂の奥までのぞける気がした。「あたしのパパがいつも言ってたわ、夢について最高のことはこれだって」

また彼女にキスしたいと思いながら、彼はその先を待った。

彼女の声がささやきに変わった。「ごくたまに、その夢がかなうことがあるって」

その夜は、さまざまな意味で出発点だった。それ以降は、どちらも後戻りしなかったからだ。アンが高校三年生になり、アールが電気技師になって二年めに入ると、もうだれも彼の決意に疑問を抱かなかった。

二年後、彼はプロポーズした。

アンは幸せいっぱいに受け入れ、その夏にふたりは結婚した。

アールは薄れていく記憶にまばたきした。またグランジ牧師と目を合わせた。

「アンとの結婚は……すべての夢がついにかなったも同然だった」

「そう」牧師は共感の笑みを投げた。「結婚とは、そういうものだよ」

「これ以上の幸せがあるかと思った」アールは息を呑んだ。「二年後にモリーが生まれるまでは」

アールはまた話に戻った。最初のころ、アンはなかなか妊娠できなかった。だからこそ、その秋にアンが健康な女の子を出産した時は、ふたりとも天に昇るような気持ちだった。アールは何時間もベビーベッドのそばに立ったまま娘を見つめた。非の打ちどころのない顔立ち、羽毛のような黒髪。宝物のような唇。赤ん坊とはいえアンにうりふたつで、アールは世界一の幸せ者だと感じながら眠りについたものだった。

つぎの数年間、アンは二度も流産した後にひどい腹痛を訴えるようになった。彼女の子宮に病巣があるのを発見した医者は、子宮を摘出するしかないと告げた。モリーの五歳の誕生日に、アンはその手術を受けた。モリーは幼くて意味がわからなかったので、アンとアールはふたりでひっそり嘆いた。

「ごめんなさいね、アール」その夜、病院の個室でアンは彼の肩に顔を埋めた。「あなたに赤ちゃんをたくさん産んであげたかったのに」

アールはキスして彼女を黙らせた。「いや、二度とそんなことを言わないでくれ。きみのせいじゃないよ。それに、子供が何人もいるよりモリーがいてくれるほうがいい。あの子がいれば、ぼくらは立派な家族じゃないか」

それは本当で、アンの手術の後でさらにその実感が強まった。三人はいつもいっしょだった。食事も、会話も、モリーが小さいころの読み聞かせの時も。彼女が成長すると、週末は三人でメドフォードやグランツ・パスにドライブに行った。

三人が別行動をとるのは日曜日の朝だけだった。アンはモリーを連れて礼拝に行ったが、アールにそうすることを無理強いしたことは一度もなかった。いっしょに行ってほしいと頼むことさえしなかった。クリスマス・イヴを除いて。アールは頑《かたく》なに拒みつづけた。

最期の息を引き取るまで、そのことを後悔しつづけることだろう。

モリーは人々の感涙を誘うような声に恵まれていた。幼いころから教会で歌い、ピアノのレッスンを受けてきた。大きくなると、毎晩のように両親に歌って聞かせた。

モリーが中学校に入った後、アンは小学一年生を教える仕事に就いた。それはアールのつつましい収入にとって、またとない補塡《ほてん》だった。そのおかげで彼らは夏ごとに外国で一週間のバカンスを取ることができた――南フランス、カリブ海、バミューダ。

だが、どんなに夏のバカンスを楽しんだとしても、クリスマスは一家がもっとも好きな時期だった。

早いうちから、アールとアンとモリーはひとつの習慣を楽しんだ。三人でそれぞれ手製のプレゼントを交換する習慣を。カードや詩、または額に入れた工作のこともあった。アンが編んだり縫ったりしたものや、特別に作った品物だったりした。ある年、モリーは自作の曲を両親に歌ってくれた。クリスマスごとに、彼らがもっとも待ち望んでいる贈りものがあった。彼らがずっと記憶にとどめておく贈りものが。

彼らがいっしょに過ごした最後の年もそうだった。

その春、アールはレイオフの対象になり、かつてないほど家計が苦しかった。六月には夏休み旅行どころか家や家具を売り、アールの両親の家に引越した。アンの家族はそれまでに家を売っていたが、アールの両親はまだ彼が育った家で暮らしていた。そこは寝室が六つにバスルームが三つついた広い家で、アール一家が移り住んでも余裕があった。

だが、アールは失意のどん底にいた。

「きっと穴埋めするよ、アン」両親の家に引越した最初の夜、彼はアンに言った。「ここは借りの宿というだけだ」

「おばかさんね」アンは身をかがめて彼に長いキスをした。ほの暗い月明かりの下で彼女の笑みが輝いた。「どこに住もうとかまわないわ。あなたはまた仕事を始めるでしょう。そうなったら、また自分たちの家が持てるに決まってるわ」彼女は鼻を彼の鼻にこすりつけた。「大切なのは、私たちがいっしょにいることよ。あたしと、あなたと、モリーがね」

彼らはその場所で落ちついた。その秋、アールは仕事を見つけた。実家暮らしとはいえ、それはアールが思い出せるかぎり最高に幸せな感謝祭のひとつだった。彼らは両親と温かい会話を交わし、夜遅くにパンプキン・パイを食べた。

だれもがクリスマスが待ちきれなかった。

アールの話は、そこで止まった。彼はまばたきしてしわの寄った両手を見つめた。ここからがつらい部分、いまだに理解できない部分だった。アールと彼の家族は永遠までの半ばにいて、だれもが夢見るような人生と愛情を満喫していた。

アールとアンとモリーのような人々に、ひどい事態が襲いかかるはずもなかった。

彼の正面で、グランジ牧師は息を吸い込んだ。「何かが起きたんだね？」

「そう」ゆっくりと、苦しそうに、アールはひとつかみの頑固な殻を、床に脱ぎ捨てた殻の山に投げだした。その話をするつもりなら、もう後戻りはできない。「そう、ふたりに何かが起きてしまった」

11

アールはだれにもそれを話したことはなかった。ただの一度も。だが、心のやさしい牧師が聞いてくれている今、ついにその時がきた。彼はゆっくりと息を吸って、詳しい記憶が戻るのを待った。

その年の十二月二十二日、彼らの贈りもののほとんどが包装されてツリーの下におかれていた。アンとアールは買い物がまだ残っていたが、モリーは外で食事をしてから近所のクリスマスの照明を車で見てまわりたいと言い張った。いつもは三人とも地元の家の飾りつけを見るのはクリスマスの後と決めていた。

アールは問いかけるまなざしでアンを見やって肩をすくめた。

「いいんじゃないの?」彼女は娘ににっこりした。「買い物は後でもできるわ。もしかしたら、おじいちゃんとおばあちゃんもいっしょに来たいかもしれないわね」

「かまわないよ」アールの父親は、にこにこして言った。「若い人たちで楽しんでおいで」

その夜六時に三人は出かけた。寒くて澄みきった夜で、無数の星が冬空でまたたいていた。家から二ブロック離れたところで、それが起きた。

その時アールは家族を乗せて信号を渡ろうとしていた。みんなクリスマスの照明を指さしてはしゃべり、モリーが言ったことで笑ったりしていた。とつぜん、目の端に貨物列車のように大きいトラックがこちらに向かって驀進《ばくしん》してくるのが見えた。

「だめだ！」アールの鋭い悲鳴に笑いがやんだと同時にトラックが衝突した。数分にも感じられる間に、彼らはねじれた金属や砕けるガラスのつんざくような騒音に取り囲まれた。彼らの車はスピンして宙を飛んだ。やがて、ついに動きが止まると、骨が凍りつくような静寂が訪れた。

アールの脚はダッシュボードの下にはさまれていた。呼吸は浅くとぎれとぎれで、最初は話す力もなかった。

「アン……モリー……」その言葉は聞きとれないほど低かった。少しずつ体をひねると、横にいるアンが見えた。彼女の頭は奇妙な形に曲がっていた。口と耳から血が流れていた。「アン！」その声は車を揺らすほど大きかった。「アン、ハニー、起きてくれ！」

後ろ座席でうめき声が聞こえ、アールは痛みをこらえて振り向いた。「モリー？大丈夫か？」

彼女は黙っていた。つぎに何かに気づいたアールの胃がもんどりうった。彼女の頭が変だった。右側がそっくり平らになっていた。「誰か、助けてくれ！ 頼む！」

サイレンが遠くから響いて、人々が駆けつけるのが聞こえた。男の声が叫んだ。

「しっかりしろ。すぐに助けが来るから。きっと大丈夫だから」

アールは、叫びたかった。何が大丈夫だ！ 妻と娘が怪我してるんだ。アンの脈を取って、息をしているか確かめたかった。だが彼の視界に黒い点が広がった。車の外にいた男が薄れはじめ、自分が失神しかけているのに気づいた。

だめだ、彼は自分に命じた。今はだめだ。彼女たちにはぼくが必要だ。やがて最後の力を振りしぼって手を伸ばし、アンの指を握りしめた。「アン……」

それが失神する前の最後の言葉だった。翌日、目が覚めると病院にいて、家族を探そうと必死にあがいた。一時間のうちに、彼はむごい事実を知らされた。

アンは即死、モリーは生命維持装置を付けられていた。彼女の脳は完全に反応が消えていたが、医者はアールが目覚めてお別れを言う時のために、維持装置を外さずに待っていた。

彼の怪我は致命的だったが、娘のところに車椅子で連れていってくれと頼み込んだ。娘の心臓が止まるまで、彼はその手を握っていた。そして娘の心臓が止まると共に、アールの生きなければならない理由もすべて消えた……


また記憶がよみがえってきた。

アールは目からあふれる涙を着古したパーカに滴《したた》らせながらグランジ牧師の顔を見つめた。「クリスマスの翌日にふたりを埋葬した」

牧師は手をアールの肩において何も言わなかった。彼らはしばらくそのまま動かず、アールは声をたてずに泣いた。「すまない。まだ昨日のように心が痛んでね」

「ゆっくりとでいいんだよ」

アールは目を閉じて話を終わらせた。

葬儀が終わった夜、アールは張り裂ける思いでふたりからのプレゼントを開けた。両親が眠りについた後の深夜の静けさのなかで。店で買った実用品のなかに、白い薄紙に包まれたプレゼントがふたつあった――彼女たちの手製の品は白い薄紙で包むという習慣ができあがっていた。彼はまずモリーの贈りものを開けた。

彼女が学校で描いた絵が額縁に入れられていた。その飼い葉桶の絵は、不思議なことにギデオンが描いてくれたのとそっくりだった。その上に手書きのメッセージが添えられていた。「パパ……あなたのおかげでどのクリスマスも素敵です」

アールはその絵を見つめ、ガラスの上から絵を撫でて、事故以来初めて泣いた。彼の将来の夢と希望のすべてが、そのひとり娘にかかっていた。あの子なしでどうやって生きればいいというのか？

ようやく、彼はアンの贈りものを開けた。

それは赤い手袋――太い毛糸で細かく編まれていた。保温のための裏地まで付けてあるその手袋を、アールはガラス細工ででもあるかのようにそっと手に取った。彼女はどうやってそんな時間を捻出したんだろう？　また涙が込みあげ、恋しさで胸が痛くなった。愛してるよと彼女に言う最後のチャンスがほしかった。いっしょに過ごす最後の一日がほしかった。

残った力を振りしぼってその手袋を持ちあげ、細かい編み目をじっと見つめた。やさしいアン。手袋を編んでいることをずっと内緒にしていたのだ。ゆっくりと慎重に赤い手袋に顔を埋めると、毛糸の繊維の奥からアンの香りが伝わってきた。子供の時から愛しつづけてきた女性の香り。

永遠に失われてしまった女性の香り。

アールは手袋を枕の下に隠した。それからは夜ごと眠りにつくたびに手袋に顔を埋めた。彼女の香りを吸い込み、彼女がまだ彼の横にいる夢を見ながら。

事故から数週間たつと詳細が明らかになった。そのトラックは前にもブレーキ事故を起こしていた。運転手はアールの車を避けようとあらゆる努力をしたが、事故は避けられなかった。一週間後、弁護士から集団告訴の件で連絡があった。

「あのトラックの所有者は急成長を遂げている大企業なんです。社有の大型トラックがブレーキ事故を起こしたのは、これで十件めですよ。そのたびに、会社のお偉方はほっかむりして何の手も打たなかった」弁護士は、口ごもった。「あの会社は罰せられるべきだ」

アールは同意したが、何の興味もなかった。その後四カ月にわたって、弁護士は他の被害者やその家族と注意深く連絡を取りながら集団告訴の手続きをした。アールは何の関心も払わなかった。心の傷があまりに深く、経験したこともない苦悩のさなかにいた。毎朝シャワーを浴びて着替え、仕事を探しに出かけた。だが、歩くのも、息を吸うのも難儀だった。アンとモリーに起きた悲劇の打撃があまりにも大きすぎ、一時間ももたずにランチの後で両親の家に戻ることもあった。

六月に入ってようやくトラック会社にたいする集団告訴が結審し、その会社が有罪だという評決が下された。同社は所有する全車両のブレーキ点検と必要な修理が完了するまでは営業停止を命じられた。

「この会社は、怠慢という憎むべき行為を許してきたのです」評決にたいして裁判官はこう述べた。

その裁判は弁護士の期待以上の成果をもたらした。原告の間で分割された後、アールはモリーとアンの不慮の死の慰謝料として二百万ドルを受け取った。

勝訴したからには、彼女たちに会えない心の痛みが少しは軽くなるだろうとアールは思った。結局はふたりの死は無駄ではなかったのだ——だれかの母親や娘や妻があの会社の怠慢で死ぬことはもうないのだから。

だが、痛みは少しも軽くならなかった。

慰謝料の小切手が郵送されると、彼は銀行に行って口座を開き、全額を貯金した。それを使うつもりはまったくなかった。その小切手は血の代金——アンとモリーの命の代わりに支払われたのだ。

その夜、両親の家に戻った彼は、すべてが終わったと感じた。

もうこのゲームはつづけられない。生きる理由があるかのように毎朝起きて、一日の終わりに家に戻る生活はもうできない。両親がいなかったら、銃を買って自殺していただろう。彼は死にたかった。それを何よりも求めていた。だが自殺するのは怖かった。自殺したら天国に行くチャンスが減るだろうから。

天国に行けばアンとモリーに再会できる。それが彼の唯一の望みだった。

だが、自殺できないとしたら、少なくとも日常生活をやめることはできる。平気なふりをやめることはできる。

その夜、両親が眠った後で、彼は赤い手袋を取りだした。まだ顔のそばにおいて眠っていた。アンの香りをかぐふりをしながら。彼女の甘い香りはとっくに消えているのに。クロゼットから古ぼけたボストンバッグを取りだし、ジーンズを数本とTシャツを数枚とレインコート、ブーツを入れ、最後に赤い手袋を入れた。つぎに財布を開けてアンとモリーの写真を入れ、ポケットに突っ込んだ。

つぎの一時間、自分が育った家を見まわし、モリーが作ってくれた手製の箱や壁に並んでいる写真を見つめた。すべてはもう終わったことだ。アールの怪我はもう完治していたが、それまでの自分は死んでいた。あの路上で、アンとモリーの横にいたときに。

彼は両親に「探さないでほしい」と手紙を書いた。「もうこれ以上はやっていけません。許してください。ふたりを愛してます」

一時間後に彼は駅にいて、翌朝はポートランドまで半ばのところにいた。

「自分がだれにも知られていない静かな場所を探して、じっと坐って死ぬのを待とうとした」アールは執務室の窓の外を見つめた。「だが、そんなふうにはいかなかった」

グランジ牧師の声はやさしかった。「そういうものだよ」

「路上暮らしに慣れるまでしばらくかかった。財布、衣類、バッグを盗まれた。そのうち持っていたすべてを失った。だが、赤い手袋だけは別だ。あれだけは無事だった」アールは牧師に視線を移した。「この十一月までは。だれかが防水シートの下にいたわたしを見つけて、眠っているわたしの手から外していったんだ」

「ああ、アール。気の毒に。そんなことがあったとは」

アールは牧師を見つめたままポケットを探り、赤い手袋を取りだして掲げた。

「これがその手袋だ。少なくともわたしはそう思ってる。これは……まるで同じに見える」

牧師は手袋を凝視した。「理解できない」

「わたしもだ」アールは手袋を高く掲げた。「これはギデオンから贈られたんだよ」

グランジ牧師の顔に戸惑いの色がよぎった。「奥さんの手編みの手袋を？」

「そうだと思う。彼女のイニシャルはないが、なにからなにまで同じなんだ」アールは手袋をゆっくり膝に落とした。「あの子は、これがわたしにとってどんな意味を持っているか、知るよしもなかった。どこでこれを見つけたのか、想像もつかないよ。でも、これだけはわかってる。あの子の贈りもので命を救われたことを。もう一度生きたいという気にさせてくれたんだよ」

「それで今は？　今度はギデオンを助けてやりたい、そういうことかね？」

アールは、牧師の顔の裏にある悲しみを察した。「あの子はわたしを愛してくれた。まったく理由がないのに愛してくれたんだ」彼は言葉を探して息を吞んだ。

「彼女がくれた贈りものは——説明がつかないが、あれは奇跡だった」

グランジ牧師はうなずいた。「たしかにね」

「あの子が何て言ったかわかるかい？」アールの口調に、うやうやしさがこもっていた。「クリスマスの奇跡は信じる人に起きる、と言ったんだよ」

笑みがグランジ牧師の目に浮かぶ悲しみを薄れさせた。

「あの子は、かんぺきなクリスマスのことを話してくれた。もしクリスマスの奇跡が手に入ったら、そんなものはどうでもいいんだと言ったんだよ」

「ギデオンらしいな」

「そうか」アールは深呼吸した。「となると、今ギデオンは奇跡を手にしてもいいってことだな」

牧師はアールの話に感動して喉を詰まらせた。「きみのお金は——まだ銀行にあるのか？」

「全額そっくり」アールは手を伸ばしてブーツの紐をほどき、中敷を持ちあげた。その下からよれよれの貯金通帳を取りだしてデスクに放り投げた。「家を出てから一度も見たことがなかった」彼は後ろにもたれた。「使うなんて耐えられなかった。アンとモリーの血の代償とあってはね。何にも変えがたかった」アールは肩をすくめた。魂に刻まれた苦痛は海よりも深かった。「それに、家族を失ったのに、金など何になる？」

「信じられない。思いも寄らなかったよ」

「要は、今その金の使い道がわかったということだ」

つぎの二時間、彼らは計画を練った。それが終わると、グランジ牧師はアールが清潔な服と靴を探すのを手伝った。昼食の前に、彼らはふたつの目的を胸に出発した。

銀行の手続き。それと買い物。

12

ギデオンは回復しなかった。

ブライアンは認めまいとしたが、それは明らかだった。ギデオンは青ざめて弱々しく、一時間ごとに悪くなるように見えた。クリスマスの前日、一家はギデオンの病室に集まり、なんとか幸せを感じる方法を必死で探していた。

ギデオンの集中治療がつづく間、ダスティンはテレビを見ていた。だれもあまり口をきかなかった。ブライアンが目をやるたびにティシュは涙を拭いていた。ギデオンが彼らから遠ざかっていく恐怖でいっぱいだった。

それは本当だった。その朝早く、医者から告げられていた。彼女の血液のレベルは、化学療法にたいして医者たちの期待どおりに反応しなくなっていた。移植手術が緊急に必要だった。

ブライアンはギデオンの上にかがみ込んだり、手を握ったり、細い腕を撫でたりする合間に、金を手に入れる手段を夢想していた。自分の臓器を売ろうか、蟹《かに》漁船に乗ってアラスカの氷海でワンシーズン過ごそうか。そんなとんでもない手段が頭に浮かんだ。蟹漁師が十一週間で二万五千ドル稼いだという話をテレビで聞いたことがあった。

ギデオンが死ぬ前に、ワンシーズンで稼いだ金を手に戻ってくる余裕があるかどうか。自分の肺や腎臓を買いたいという人がいるのかどうか。

自分は頭がおかしくなっているんじゃないのか。

その日の唯一のいい知らせは、午後二時すぎにやってきた。医師団のひとりが病室に入ってきてギデオンのベッドに近づいた。「きみにびっくりニュースを持ってきたよ」

ギデオンは目を上げた。彼女はあまりにか細く、みんなの目の前で体が消えていくようにみえた。「あたし、よくなってるの?」

医者の顔に悲しみの色がよぎった。「その点は私たちががんばっている」彼はまずティシュに、ついでブライアンに微笑みかけた。「カルテを調べた結果、今日の午後、お嬢さんはおうちに戻れることになりました」彼はまたギデオンを見やって彼女の手を撫でた。「これでクリスマスは家族といっしょに過ごせるね、ミス・ギデオン」

ティシュは医者に向かって一歩進んだ。「またここに戻ってこなくちゃならないの？」

「ええ」医者は彼女に同情のまなざしを投げた。「二十六日の朝一番に。数日ぐらいなら家にいても大丈夫です。一日二回、看護師を巡回させるようにします。だが、その後はここに戻っていただかないと」

医者が立ち去ると、沈黙が広がった。ダスティンはテレビを消して椅子から飛び下りた。「なぜみんな悲しがってるの？」彼はみんなの顔を順番に見つめた。「だってクリスマスはみんないっしょにいられるんだよ」

ブライアンは無理に微笑んだが、それは目まで届かないとわかっていた。「ダスティンの言うとおりだ。せっかくのチャンスだから、せいいっぱい楽しもう。まず最初に」彼はギデオンの目を見つめてウインクした。「家に帰る途中でアイスクリームを食べよう」

一時間後、みんなでアパートメントに向かって歩いている時、ブライアンはドアから数フィート手前で足を止めた。ギデオンは彼の両腕に抱かれ、ティシュとダスティンは彼の前にいたが、それでも何かがおかしいと感じた。

玄関のドアが半インチほど開いている。

「待って」彼はギデオンを下ろし、家族の横をすりぬけた。その朝たしかに鍵をかけたのに、なぜ開いているんだ？　何者かが押し入って家をめちゃくちゃにしたのか？　クリスマスの前日に？

ブライアンはティシュを振りかえり、子供たちを守るよう身振りで合図した。つぎにドアを押し開け、明かりのスイッチを叩いて最悪の事態に備えた。

彼は息を呑んだ。口をぽかんと開けたまま、居間やキッチンを見まわした。いったいどうして……だれがこんなことを？　どうやってなかに入ったんだ？

背後からティシュがじれったそうに言った。「どうしたの、ブライアン？　ちょっと見せてよ」

彼は玄関から一歩さがってギデオンをまた抱きあげ、部屋のなかに三歩進んだ。

ティシュとダスティンは彼の横に立った。彼らは仰天して黙ったまま立ちすくんだ。

その部屋はすっかり変えられていた。

居間の真ん中に、点滅ライトやカラフルな飾りが無数に下がったクリスマスツリーがそびえている。その下にうず高く積まれたプレゼントの山が崩れて、グレーのカーペットにこぼれ落ちている。新品のおもちゃの消防車が片側の壁におかれ、もう片側の壁には贈りものが詰まった靴下が四つ立てかけてある。それぞれに家族の名前まで書かれている。

「パパ?」ギデオンは父親の首にまわした手に力を込めて彼を見上げた。「どうやってやったの?」

「何もしていないよ、ハニー。何ひとつ」

「でもツリーは本物で、天井まで届いている……あたしのかんぺきなクリスマスのお話みたいに」

「ちょっと、ブライアン。あなたじゃないっていうの?」ティシュは口を開けたまま部屋を歩きまわった。「あなたに決まってるわ。これはみんなどこから来たの?」

「サンタクロースが持ってきたんだ!」ダスティンは、まだそこに立ちつくしていた。まばたきするのが怖いと言いたげな顔だった。そんなことをしたら、すべての光景が素晴らしい夢のように消えてしまうと言わんばかりに。

キッチンの床には、食料品の袋が所狭しと並んでいた。ブライアンが冷蔵庫を開けると、あふれそうなほど食べ物が詰まっていた。ミルクに果物、チーズにパン。真ん中の棚には、ティシュが今までに料理したサイズの二倍もある七面鳥が載っていた。

「ちょっと！」ギデオンが父親の腕の中で体を動かし、キッチンのカウンターを指さした。「あれは何？」

みんな集まって、ギデオンが指さしたものを取り囲んだ。それは三フィートもある金色の袋で、縛った口から薄紙の波が広がっていた。その袋の表には、こう書かれていた。

ギデオンに。まずこれを開けること。

「あたしに？」ギデオンの声は、ここ数日より強く響いた。

「そう書いてある」ブライアンはギデオンを腕から下ろしてカウンターの前に立たせた。「開けてみればいい、ハニー。開けてみなさい」

ギデオンはまず父を、ついで母を見上げた。「ほんとにいいの？」

「ええ、ハニー、あなたの名前が書いてあるんだもの」

ギデオンは、そっと袋を取りあげて横に寝かせた。それから薄紙を一枚ずつ引っ張っていくと、ついに箱のてっぺんが見えてきた。「まさか、こんな……」

「何が入ってるの？　何なの？」ダスティンは我慢できずに飛び跳ねた。

「ちょっと待ちなさい」ブライアンも中身が見たくて袋をのぞきこもうとした。

「お姉さんに開けるチャンスをあげないとね」

ギデオンは慎重に箱を取りだし、なかを見て息をあえがせた。「かん……かんぺきだわ。あのカタログのとそっくりよ」

ブライアンは胃がひっくり返るのを感じた。それは新品の人形だった。艶やかな髪、開いたり閉じたりする目、小さいレースの縁飾りがついた美しいドレス。ギデオンが前からほしがっていた人形そのものだった。ブライアンはティシュを見つめて頭を振った。彼女も涙を浮かべて同じことをした。

彼には何も言えなかった。神様、これはどこから来たのですか？　ありえないことだった。ギデオンのかんぺきなクリスマスの話を知っているのは、家族以外にいないのだから。

ギデオンは人形を箱から取りだした。人形の両手に封筒がはさんであった。ギデオンは鼻にしわを寄せて封筒を見つめた。「これは何かしら、パパ？」

ブライアンは震える指で封筒を手に取った。もしかしたらカードに贈り主の名前が書かれているかもしれない。この目を瞠《みは》るほど贅沢な品々の贈り主がついにわかるかもしれない。彼は封筒のなかに指をすべらせて一枚の紙を取りだした。その拍子に何かがカウンターの上に落ちた。

「ブライアン、あれを見て」ティシュの声は驚きというより怖れに近かった。

「どうしたの？　教えてくれない？」ダスティンがブライアンの袖を引っ張った。

「ちょっと待ってくれ」彼はカウンターから小さい紙を拾いあげた。それはカリフォルニア州レディングの銀行からギデオン宛てに振りだされた小切手だった。ブライアンは数字に目を走らせ、心臓が止まった。

五万ドル。

五万ドル！　神様、いったい何をなさったんですか？　どうやってこんなことを？　五万ドル？　ブライアンは目をぱちくりさせたが、数字はそのままだった。

彼が二年かけても手に入れられない額。いや、三年かけてもだ。彼はわなわな震えながら、深呼吸をしろと自分に言い聞かせた。動悸が高鳴り、心臓が胸から飛びだしそうだった。「ティシュ？　これを見たか？」

彼は妻を見やった。彼女はうなずいたが、口がきけないほど泣いていた。彼女はギデオンとダスティンを両腕でかき抱いた。

「これはお金なの、パパ？」ギデオンは小切手を見つめた。彼女の無垢な瞳はゼロの多さを理解できなかった。

「そうだよ、ハニー」もうブライアンには涙を止めるすべはなかった。涙があふれて頰にこぼれ落ちた。「おまえの移植手術をするのに充分な金額だよ」

「ほんと？」ギデオンの目は前より輝いていた。「じゃ、もうあたしはよくなるってこと？」

「そうとも、ハニー」ブライアンの声はしわがれていた。感動のあまり口がきけずにみんなを抱きかかえた。

長いこと抱き合っていたが、やがてダスティンがブライアンの横から頭を出した。

「それは大金なの、パパ？」

「そうとも、大金だ」ブライアンは袖で涙を拭いてティシュを見つめた。どうしてこんなことが？　だれがこんなことを？　彼の心に渦巻く答えの見つからない問いが、彼女の表情からも見てとれた。

「靴下を開けてもいい？」ダスティンは目を大きく開いて、靴下のあるほうに三歩近づいた。「お願い、いいでしょ？」

ティシュはうなずいた。「いいわ。ふたりとも開けてごらん」

ダスティンは居間に駆け込んだ。ギデオンはゆっくりと後を追った。今日一日でいちばん顔色がよくなっていた。彼女は新しい人形を抱いて、ツリーの近くにある椅子に坐った。「お先にどうぞ、ダスティン。あたしとお人形は少し休むことにするわ」

子供たちがいなくなると、ブライアンは小切手をカウンターにそっと置いてティシュを抱きしめた。「これは奇跡だ」ブライアンは彼女の横顔にささやいた。「あの子はよくなるよ、ハニー。きっとよくなる」

ティシュは震えていたが、すすり泣きで数秒おきに体が揺れた。「でも、どこから来たのかしら、ブライアン？　こんな大金は、ひょっこり現れたりしないのよ」

「今は見当がつかないし、気にもしていない」ブライアンは一歩さがって小切手をまた見つめた。「とにかく、ここにある。このおかげでギデオンの病気がよくなるんだ」

「待って」ティシュはカウンターを手探りした。「封筒に手紙が入っていなかった？」

「ここにある」ブライアンは人形に入っていた箱からたたまれた手紙を取りだした。開いて目を通すうちに鳥肌が立ち、背筋が冷たくなった。

ギデオンに。クリスマスの奇跡は、信じる人に起きる。

それは、あの日の診察室でギデオンが彼に話したのと同じ言葉だった。その言葉のほかに何も記されていなかった。名前も、サインもなかった。あの贈りものの山、クリスマスツリー、小切手――なにもかも匿名のだれかが贈ってくれたのだ。

「ちょっと、ギデオン」

彼女は人形から目を上げた。「なあに、パパ？」

「小切手といっしょに何か書かれた手紙が入っていた」ブライアンの目がうるみ、よく見えるように目をしばたいた。「『ギデオンに。クリスマスの奇跡は、信じる人に起きる』何か思い当たることはないか？」

部屋の向こうで、ギデオンが息を呑んだ。「これはアールからよ！　伝道所のアールよ！」

アール？　ギデオンにひどい仕打ちをした、あのアールじいさんだって？　ブライアンとティシュは意味ありげな視線を交した。彼らを取り囲む贈りものの陰にアールがいるはずがない。なんといってもホームレスなんだから。それに無礼な男だし。ブライアンは咳払いした。「ああ、ギデオン、それは違うね」

彼女は人形を抱きしめて、椅子に坐り直した。「でもそうなのよ、パパ。その言葉を彼にあげたクリスマスの絵に書いたの。それに、あたしのかんぺきなクリスマスの話を知っているのはパパとママ以外に彼しかいないもの」彼女は夢見るような目をした。「ということは、彼はあたしの贈りものを開けたんだわ。そして、こんな形であたしにありがとうって言ってるのよ！」

「ふうむ」ブライアンは曖昧《あいまい》に答え、ティシュに肩をすくめてみせた。医者たちからギデオンを安静にさせるよう言われていたが、この会話は彼女を興奮させるだけだった。

「ほんとよ、パパ」彼女は取り乱さんばかりだった。「アールからだってば」

「わかったわ、ハニー」ティシュは近づいていき、ギデオンの頭に触れた。部屋の隅ではダスティンが無数の新しいおもちゃに囲まれて消防車で遊んでいた。ティシュは彼を見やり、ついでギデオンを振りかえった。「あまり興奮しちゃだめよ」

「神様がしてくれたのよ、ママ。ほんとにかなえてくれたんだわ！」ギデオンは椅子にもたれた。「これこそ、あたしがお祈りしたことなんだもの」

「そうね、ハニー」ティシュは赤く腫《は》れた目で微笑んだ。

ブライアンもやってきてティシュに腕をまわし、ふたりで娘をじっと見つめた。

「ツリー。人形。プレゼント。まさにかんぺきなクリスマスだね」

「違うわ」ギデオンはふたりを見上げた。ブライアンは娘の目にひそむ叡智《えいち》に胸を打たれた。彼女の年齢をはるかに超えた叡智。「あたしがお祈りしたのは、そんなことじゃないの」

ふいにブライアンは何かを予感した。とどのつまり、あの午後の病院の待合室で彼女が祈った時、自分はいっしょにいたのだ。

「そうなの？　何をお祈りしたの？」ティシュはまだ頬を濡らしたまま鼻声で言

った。

「パパが知ってるわ」ギデオンはブライアンを見やった。「そうでしょ?」

「そうだ」彼はギデオンの目の輝きが大好きだった。彼女が生き延びるかもしれないことがまだ信じられなかった。神は、彼らが知らない人物の寛大さを使って、恩返しのしようがないほど大きな贈りものをもたらしてくださったのだ。

「いいわ、あなたたち」ティシュの目にも輝きが戻った。「わたしだけが取り残されてるのね」

「あのね」ギデオンはゆっくりと息を吸った。「神様に、ほんとにすごいことをしてくださいとお願いしたの。お人形や、消防車や、お金じゃなくて。アールがまた信じるようにしてくださいってお祈りしたの」彼女の笑顔は喜びでいっぱいだった。

「そしてそのとおり実現したの」

「そんなに大きいことを?」ティシュはブライアンを見やって頭を振った。ギデオンのやさしい心根に感激していた。

「そうよ、ママ」ギデオンは人形を抱きしめた。「クリスマスの奇跡としか呼べないほど大きいことをね」

その午後、アールは遅い便をつかまえて飛行機に乗り、午後五時にはタクシーで古い家の前に着いた。車寄せには数台の車が停められていた。

しばらく彼は立ったまま家を見つめた——彼が育った家、彼とアンが坐って、話して、恋に落ちた前庭。ポートランドで路上暮らしをしている間、ここにまた戻ってくるなど一度も考えたことがなかった。

だが、今こうして戻ってきた。それもこれも、ひとりの特別な少女のおかげで。

わかったよ、神様。わたしに言葉を与えてくれ。

彼は空港の姿見に映して、自分が人前に出られる格好であることを確認した。事実、それが自分だとは思えなかった。それでいいのだ。数日前までの彼を見たら、両親は死んでしまったかもしれない。この新しい格好——清潔な服、剃りたての顔——は、家族との再会にはるかにふさわしい。

両親が家にいるかどうか知っていたわけではなかった。電話する時間がなかった。土壇場《どたんば》で思いついたことだった。どうなるか見当もつかなかった。両親が数年後の今でも彼に会いたがっているかどうか。それさえわからなかった。あるいはまだ生きているかどうかも。恥じる思いがまた込みあげた。電話もせず、前もって何らかの連絡もしなかったなんて、なんというひどいことをしたんだろう。

彼は背筋を伸ばした。どっちにせよ、自分は五十一歳の放蕩《ほうとう》息子、今日はクリスマス・イヴ。この五年間で両親に何が起きていようと、それを知るには今日をおいてないのだ。

彼は玄関までの小道を歩いていった。そして、一瞬もためらわずにドアをノックした。

五秒近く過ぎた。ふいにドアが開いて母親が現れた。クリスマスの音楽が家中に響いて、人々の話し声や笑い声が背後から聞こえてきた。彼の母親は、じっと彼を見つめた。「何かご用で——」

「母さん」アールは彼女の目に納得の色が走るのを見た。最初は彼だと気づかなかったが、今は……わかっていた。「母さん、戻ってきたよ」

「アール？」声がとぎれてかすれていた――ほとんど子供のように。彼は家に入って母親を抱きしめた。彼女は震えていて、気絶しそうだと彼は思った。「神様、ありがとう。ああ、感謝します。クリスマスには戻ってくれると思っていたわ」

彼にできるのは母親を抱きしめることだけだった。

沈黙の時が過ぎ、母親は背をそらして彼の顔を両手ではさんだ。やがて、にっこりすると彼と腕を組んで居間に入っていった。

端のほうに父親が坐っていた。彼は老けて見え、最後に見た時より弱々しかった。周りにはアールの兄や姉、その連れ合いたちと子供たちが坐っていた。アールと母親が入っていくと、会話がやんで沈黙が部屋中を覆った。

彼の姉はあえぎ声をもらして口を押さえた。

しばらくだれもしゃべらなかった。アールは今度は自分の番だ、みんなに謝る番だとわかっていた。だが喉がくぐもり、話そうとすれば取り乱して泣くだろうと思った。

そんなアールの胸中《きょうちゅう》を察したかのように、父親が立ちあがってゆっくりと歩いてきた。彼らの目がからみあい、つと父親が彼をしっかり抱きしめた。その抱擁に数年の歳月が消えていった。「おかえり、息子よ」

「ぼくは……ごめんなさい、父さん」アールは声がかすれ、父親の肩に顔を埋めた。

他の家族もひとりずつ立ちあがって抱擁に加わった。アールは新しい靴に涙をぽたぽた落としながら身じろぎもせず立っていた。これは何だろう？　なぜこんなに早く許してくれるのか？　それに長いこと連絡もしなかった自分を、まだ愛してくれるのはなぜだ？

それは家族の愛を確認した瞬間、知りたかったすべてを知った瞬間だった。自分は大丈夫だろう。いや、アンとモリーを取りもどすことはできない。これからもずっと。だが彼は家族の愛を見出した。そして、かつてはかけらもなかった、神を信じる心も。

「ああ、アール」母親はさらに強く彼にしがみついた。「ほんとに戻ってきたのね！」

やがて彼は、できるだけ手短にギデオンとその贈りもののことを話し、それが彼の人生と愛情にたいする見方を一変させたことを話した。そこには神の愛も含まれていた。

母親は、今にも彼がまた消えてしまうかのように彼をじっと見つめた。つぎに母親は、アールには思いも寄らなかったことを口にした。「なんてふさわしいんでしょう――神様が子供を使って奇跡を起こしてくださるなんて。とりわけクリスマスに」

アールの脚が震えた。両親の愛、家族の愛にどうこたえればいいのだろう。自分は、まるで値しないのに。もし、あの子の贈りものを開けなかったとしたら？　計画どおりにごみの缶に投げ込んでいたとしたら？　どちらも命を見出せなかっただろう――自分も、あの少女も。

彼は身震いして頭を振り、すがるような目で父親を見つめた。「多くの時を失くしてしまいました」

「そう」父親は、また息子の肩を抱いた。「だが、どれだけ多くの時が残されているか考えようや」

エピローグ

結婚式が終わり、アールは教会のホワイエにそっと入った。どうしてもギデオンを見つけて何かを贈りたかった。

これまでの歳月、神はなんとふたりにやさしくしてくれたことか。ギデオンは、あのクリスマスのびっくりプレゼントの贈り主は彼だとつきとめ、アールは飛行機でポートランドに戻ってマーサー一家と数日を共にしたのだった。彼はギデオンの移植手術にも立ち会った。そして二カ月後に良好な経過報告と共に退院した彼女は、真っ先にアールに電話したのだった。

彼女はアールにとって孫娘のようなものになっていた。自分の娘にそうだったように、彼女を心から愛していた。

彼は、この結婚式のために飛んできた。まだレディングに住んでいた。数年前に両親とも他界し、今は実家でひとりで暮らしていた。彼は神とともにいて人生を祝い、天国を待ち望んでいた。

彼は人混みを縫って、男たちのグループの頭ごしにのぞいた。そこには彼女がいた。教会のホワイエの向こう端で招待客たちに囲まれていた。彼は近づいていき彼女に合図した。「ちょっと話していいかい、ギデオン?」

彼女の顔がぱっと輝いた。忘れがたい目がきらめいていた。つと彼女はその場を離れて、静かな片隅まで彼についてきた。

「アール」彼女は両手で彼の手を握った。「来てくださって本当に嬉しいわ」

彼は顔を赤らめ、しばらく自分の靴を見つめた。「数時間したら帰りの飛行機に乗らないと」彼はギデオンに包みを手渡した。「わたしが帰る前に、これを開けてほしい」

「アール、こんなことしてはだめよ。来てくださっただけで充分よ」彼女は包み紙の折り目に指を入れて、額入りの絵を取りだした。しばらくの間、彼女はそれを見つめていた。やがて小さい涙がふた粒、頬を伝った。「ああ……とても美しいわ、アール。信じられない」

それは、彼が教会で知り合った画家の友人に頼んで描いてもらった絵だった。ずっと以前、ギデオンからもらった八歳の時の写真を見つけ、そっくりカンバスに描いてほしいと画家に依頼したのだ。画家は素晴らしい仕事をした。そこにはギデオンの深みのある目と、その歳ですでに備えていた豊かな感情が捉えられていた。

だが、ギデオンに絵を凝視させたのは、それだけではなかった。

他にも何かがあった――アールが画家に付け加えるよう頼んだ何かが。絵の左端に文字が書かれていた。「クリスマスの奇跡は、信じる人に起きる」その下に、すべての始まりの源となった贈りものがかんぺきに描かれていた。

彼らふたりの人生を変えて……彼らふたりを救った贈りもの。

毛糸で編まれた赤い手袋。

訳者あとがき

長いこと翻訳という仕事をしていると、どんなに感動的なストーリーであっても仕事中は冷血漢に徹する癖がついてしまう。そのときどきの主人公に肩入れして「なりきって」訳すことはあっても、どこかで客観的に——冷めた目で——観察している自分がいる。

そんな筋金入り？の私だったが、本書『赤い手袋の奇跡　ギデオンの贈りもの』を訳しながら幾度となく目に涙がこみあげた。トシのせいで涙もろくなっただけではない。本書の主人公、八歳の少女ギデオンのひたむきで一途な思いと、人を思いやる純粋な心に深く打たれたからだ。事実、訳し終えてゲラを読み返しているときも同じところでまた胸がつまってしまった。これほど私の涙腺を刺激する作品に出会ったのは、長い翻訳稼業のなかで初めてといっていいだろう。

　ストーリーは単純なように見えて、じつはとてつもなく深いものを秘めている。貧しいながらも愛情深い両親のもとで幸せに暮らしていたギデオンは、自分が重い病気（白血病）になったことを知っていた。彼女が近づいてくるクリスマスに願ったこと、それは本物のツリーや新品のお人形だけではなく「クリスマスにしか起きないような本当の奇跡」だった。ある日、彼女はホームレスたちに食事を配るボランティアをしている両親に連れられて地元の伝道所へ行き、アールという初老のホームレスに出会う。絶望と怒りにまみれ、死ぬことしか頭にない彼は、やさしく話しかけてきたギデオンにたいしてひどい言葉を投げつけて追い払う。

　普通の少女ならめげるところだが、ギデオンは違った。隣の家のお手伝いをして貯めたわずかなお金をはたいてアールに贈るプレゼントを買い、伝道所で彼にそれを手渡す。家族もなく家もない疲れきった初老のホームレスを微笑ませたい――それだけを願って。だが彼は微笑むどころか袋を開けもせず「失せろ」とどなるだけだった。病状が悪化して再入院したギデオンは「やっぱりクリスマスの奇跡なんか起きなかったんだ、あれは昔の話だったんだ」と悲しみにくれる。

クリスマスの三日前、氷雨《ひさめ》に打たれてさまよっていたアールは、ふとポケットの奥にしまいこんだギデオンの贈りものを思い出す。袋ごとごみ箱に捨てようとして捨てあぐねていたその贈りものを開けたとき、思いもよらないことが起きた。死にたいという気持ちが生きていこうという意欲に、怒りと絶望が感謝と希望に、冷酷さが思いやりに変わっていったのだ。彼に起きたその「奇跡」は、やがてギデオンと彼女の家族にも広がっていく。すべては「信じる」という純粋で無垢なギデオンの思いがもたらした結果だった。

私が涙したのは、この打算がまるでない純粋無垢な心から生まれる力の強さに打たれたからだ。誰もが心の奥底に眠らせている無垢なやさしさに気づかされたからだ。一歩まちがえば誰もがアールになりうるし、その一方で誰もがギデオンになりうるのだ。キリスト教にかぎらずどんな宗教だろうと「信じる」ことの強さを本書は教えてくれている。

著者のカレン・キングズベリーは、幼いころから「自分は作家になる」と決めていたという。冒頭の文章にもあるように敬虔なクリスチャンの家庭で育った著者は、「タイム」誌から「人生を一変させる小説の書き手」と評されている。この「赤い手袋」シリーズは本書を含めて四巻あるが、他にも数十冊の作品があり、どれも家族で読まれるベストセラー小説の仲間入りをしている。以前は「ロサンゼルス・デイリー・ニュース」紙のスタッフ・ライターで「ピープル」誌にも寄稿していた。

本書がひとりでも多くの方々の目に触れることを願っている。そして、人生が一変するとまではいかなくても、希望とやさしさと純粋な気持ちを思い起こすようがになれたらと心から願っている。

この本を訳すきっかけを与えてくださった綜合社の三好秀英さんに、この場を借りて心からありがとうと言わせていただく。

赤《あか》い手袋《てぶくろ》の奇跡《きせき》　ギデオンの贈《おく》りもの
二〇〇六年一〇月二五日　第一刷発行
二〇〇七年　六　月一〇日　第二刷発行

著　者　カレン・キングズベリー
訳　者　小沢瑞穂《おざわみずほ》
編　集　株式会社　綜合社
〒一〇一-〇〇五一　東京都千代田区神田神保町二-二三-一
電話（〇三）三二三九-三八一一
発行者　加藤　潤
発行所　株式会社　集英社
〒一〇一-八〇五〇　東京都千代田区一ツ橋二-五-一〇
電話　編集部（〇三）三二三〇-六〇九四
　　　販売部（〇三）三二三〇-六三九三
　　　読者係（〇三）三二三〇-六〇八〇
印刷所
製本所　図書印刷株式会社

©Mizuho OZAWA　ISBN4-08-773454-4　C0097